봉사 장편 소설

FUSION FANTASTIC STORY

# 스킬러

## SKILLER

# 스킬러 ㄱ

## 봉사 장편 소설

초판 1쇄 찍은 날 § 2015년 4월 2일
초판 1쇄 펴낸 날 § 2015년 4월 9일

지은이 § 봉사
펴낸이 § 서경석

편집부장 § 권태완
편집책임 § 박용서

펴낸곳 § 도서출판 청어람
등록번호 § 제387-1999-000006호
등록일자 § 1999. 5. 31
어람번호 § 제1-2091호

주소 § 경기도 부천시 원미구 부일로 483번길 40 서경B/D 3F (우) 420-822
전화 § 032-656-4452  팩스 § 032-656-4453
http://www.chungeoram.com
E-mail § chungeorambook@daum.net

© 봉사, 2014

ISBN 979-11-04-90182-9 04810
ISBN 979-11-316-9276-9 (세트)

봉사 장편 소설

FUSION FANTASTIC STORY

# 스킬러

7

[완결]

SKILLER

# CONTENTS

# 제51장
슬픔을 베어 물고

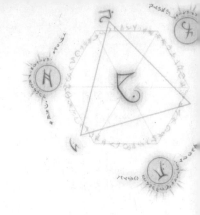

"오빠, 몸은 어때요?"

내내 무거운 표정으로 창밖만 주시하고 있는 현성에게 다가선 아연이 그의 눈치를 살피며 조심스럽게 말을 건네온다.

쇼핑센터 테러가 발생한 지 오늘로 칠 일째. 이 시간에도 매몰자 구조에 정부는 온 힘을 다하고 있었다.

현장에선 하루에도 수십에서 수백 구의 시신이 들것에 실려나와 사람들로부터 안타까움과 좌절의 눈물을 뽑아냈다.

많은 사람이 민간인 밀집 구역에서 발생한 폭탄 테러 사건에 슬퍼했고 분노했다.

그 슬픔과 분노는 여기 이 남자, 선우현성이라고 예외가 아니었다.

오히려 저 무표정 아래에서 더욱더 격렬하고 뜨겁게 끓고 있었다.

"…괜찮다."

현성의 음성은 그가 끓이고 있는 속내와 달리 삭막하고 무미건조하다.

그의 심정을 십분 이해하고 있었기에 그를 바라보는 아연의 눈가에는 안타까움이 진하게 피어올랐다.

그를 위로하고 싶은 생각에 아연이 손을 뻗는다.

그녀의 손이 가을 낙엽처럼 파르르 떨린다.

조금만 더 뻗으면 그를 잡을 수도 있고 만질 수도 있었지만 그녀는 중간에서 그 손을 거두고 말았다.

자신의 노력과 위로가 지금의 그에게 아무 소용이 없음을 알고 있기 때문이었다.

"할아버진 구조 현장에 계세요. 선화 언니와 준희 언니가 돌아가면서 할아버질 돌봐 드리고 있어요."

현성은 사랑하는 여자를 잃었고 차기수는 사랑하는 딸을 잃었다.

두 사람의 마음을 비교한다는 것 자체가 말이 되지 않겠지만 그들이 이로 인해 느끼는 고통과 상실감에는 누가 높고 낮음이 없었다.

그저 애타게 민연의 무사함만을 절실히 바랄 뿐이었다.

"그래."

"민연 언닌 무사할 거예요, 반드시."

아연에게도 민연은 좋은 사람이었다.

외모도 훌륭하고 품성도 나무랄 데가 없는 천생 여자였다.

모든 면에서 자신보다 월등한 그런 성숙한 여자였다.

그런 여자가 현성을 사랑하고 그 곁에 머물렀기에 아연은 자신의 감정에 솔직하지 못한 채 늘 피해 다니곤 했었다.

이제 그 여자가 사라졌지만 그 자리를 자신이 대신할 수 없음을 그녀는 알고 있었다.

당장은.

'나쁜 년.'

타인의 불행에 희망을 걸다니.

아연은 자신이 한없이 악하디악한 악녀처럼 여겨졌다.

이런 마음이 수시로 찾아들었기에 아연은 식구들을 보는 게 겁이 났다.

그들에게 자신의 마음이 들켜 버릴 것만 같아서였다.

하아.

버릇처럼 또 한숨을 속으로 내쉬는 아연이다.

"고맙다."

"응? 으응, 오빠, 식사는 거르지 마세요. 미, 민연 언니도 오빠의 이런 모습 바라지 않을 거예요."

"그래, 그러마."

힘없이 돌아선 아연이 사무실을 나가자 현성은 그제야 몸을 돌린다.

책상 위에 놓여 있던 핸드폰을 집어 든 현성이 어딘가로 전화한다.

그의 핸드폰에서 유오찬의 음성이 흘러나온다.

정현수 총재와 한얼을 제압한 유오찬은 완전한 형태의 권력을 쥐게 됐다.

이제 이 땅에서 그를 견제할 세력이 더는 없게 된 것이다.

물론 도망친 자들이 몇몇 있기는 했지만 그들의 수준을 고려할 때 걱정할 정도는 아니었다.

어느 시대든 현 권력에 도전하는 무리는 늘 있어 왔다.

딱 그뿐이다.

불만을 갖고 숨어든 보잘것없는 자들.

―요즘 바빠서 연락을 통 못 해서 미안하다. 그래, 민연 씨 소식은?

"아직."

―음, 구조 작업에 필요한 지원은 아낌없이 하고 있어. 조만간 좋은 소식이 반드시 있을 거야. 간절한 믿음이 기적을 만든다고 하잖아. 그러니 흔들리지 말고 기다려.

오찬의 위로가 현성은 썩 달갑지 않았다.

사실 현성의 마음속에는 이번 테러 사건의 배후에 오찬이 있지 않을까라는 의심의 마음이 깃들어 있었다.

물론 확증이 없는 심증이다.

혹시 만에 하나 그럴 일은 진심으로 없길 바라고 또 바라지만 민연이 싸늘한 주검이 되어 다른 이들처럼 끔찍하고 쓸쓸한 모습으로 자신에게 돌아온다면 그땐 확증 따위 상관없이 이번 사건을 철저히 조사해서 수단과 방법을 가리지 않고 보복할 생각을 굳게 하고 있었다.

"그러지."

―필요한 게 있으면 말해. 내가 할 수 있는 일이라면 뭐든 지원할 테니까.

과연 이 녀석은 테러범과 관계가 있을까? 없을까? 생각이 자꾸만 그쪽으로 기울고 치우치는 현성이다.

마음의 평정을 유지하기 위해서 현성은 시선을 다시 창밖으로 던진다.

지독하게 무더운 날씨다.


현성아, 살다보면 누구에게나 뜻하지 않은 어둠이 찾아올 때가 있단다. 그 어둠은 늘 지나가던 길, 늘 머물던 곳조차 두렵고 낯선 길로 만든단다. 그래도 꼭 가야 한다면 모두가 행복할 수 있는 길을 신중하게 모색하고 선택하려무나.


돌아가신 현성의 조부는 그를 매우 특별하게 여기며 자신의 모든 것을 그에게 다 전해주었다.

그리고 죽어서도 손자를 잊지 못했는지 그가 역경에 빠질 때마다 꿈속에 나타나서 길을 밝혀주는 조언을 해주곤 했다.

이 순간 갑작스럽게 떠오른 추억은 어쩜 조부의 조언이 아닐까.

'현실에선 불가능한 이야기네요, 할아버지.'

양심과 등 돌린 이성은 분별력을 상실한 흉기다.

어쩜 그 흉기를 멋대로 휘둘러서 그 벌을 자신이 아닌 민연이 받는 게 아닐까.

이러한 생각이 들자 모든 게 자신의 잘못처럼 여겨진다.

'저도 모르게 저 자신의 힘에 도취해 휘둘린 게 아닐까 싶습니다.'

눈시울이 붉어진다.

좀 더 일찍 이러한 생각을 했더라면 조바심에 마음이 뒤틀리고 찢어지는 일은 겪지 않았을 수도 있지 않았을까.

때늦은 후회와 반성이 그의 가슴을 잔인하게 후벼 판다.

하아.

―선우 본부장? 선우 본부장.

"미안. 잠시 딴생각 하느라. 단군으로의 이주는 언제부터 시작이지?"

―일주일 후부터 단계적으로 실시할 예정이다. 아시아 쪽이 유럽보다 형편이 나아서 다행이지 우리가 그쪽 처지였다면 모르긴 몰라도 지금보다 더 끔찍한 사태가 발생했을 거야.

외신을 통해 접한 유럽의 사태는 공포로 변질된 인간성의 밑바닥을 적나라하게 보여주고 있었다.

이들의 인간성을 바닥까지 보여준 공포, 그 공포의 상징은 하늘을 뒤덮은 절멸자였다.

놈들이 장악한 곳에서 인간의 문명은 비명과 잿더미와 피와 함께 무너져 내렸다.

"전에 내게 말했던 그 계획은 여전히 진행 중인가?"

—갑자기 그건 왜?

전화기 너머 오찬의 음성에 의아함이 가득하다.

잠시 뜸을 들인 현성은 두어 번의 심호흡을 한 뒤에 무뚝뚝한 음성으로 자신의 결정을 오찬에게 통보한다.

"그 작전에 나도 참가하겠다."

—뭐! 갑자기 왜?

과학자들과 전략가들은 절멸자를 역이용하여 이 사태의 원인이 되는 존재를 찾아가서 제거하자는 제안을 내놓았다.

작전은 간단하다. 공군력을 총동원하여 절멸자들의 주의력을 분산시킨 뒤 한 놈을 포획하여 곧장 몬스터 게이트를 넘어가는 게 작전의 주요 골자다.

이 작전을 위해서 과학자들은 절멸자를 잠시 동안 조정할 수 있는 특수한 장치를 개발해 냈다.

인류의 마지막 공격, 아니, 최후의 발악이다.

이 작전에 참가 제안을 받았지만 현성은 앞서 단호하게 거절했었다.

오찬은 그가 마음을 달리 먹은 배경에 민연이 있음을 어렵지 않게 추측할 수 있었다.

말려야 하나 말아야 하나.

전화기 너머 오찬은 짧은 순간 치열하게 고민한다.

지구 최강의 스킬러 나이트인 그가 이번 작전에 참여한다면 성공 확률은 좀 더 올라갈 것이다.

인류의 미래를 생각한다면야 그의 출전은 두 손 들고 환영해야 할 노릇이다.

"내가 누군가의 빛이 되어준다면… 그녀도 빛을 보지 않을까 싶다. 이게 내가 참여하고자 하는 본심이다."

솔직한 현성의 고백에 오찬이 입맛을 쩍 다신다.

─게이트 너머 세계로 갈 수 있을지조차 장담할 수 없다. 그리고 이 작전이 성공하더라도 그쪽 세계에 무엇이 있을지 알 수 없어. 우리가 가진 정보는 사실 전무하니까. 하다못해 그쪽 세계가 인간이 생존하기에 적합한 환경인지도 확인되지 않았다. 과학자들은 후이넘이 이곳에서 살 수 있다는 점을 들어 인간도 그곳에서 생존할 수 있는 환경이 될 것이라고들 말하지만 그건 어디까지나 그들의 추측이지 확인된 건 아무것도 없어. 현성, 좀 더 시간을 갖고 기다려 봐.

막연한 추론을 믿고 현성을 보내는 게 오찬은 썩 내키지 않았다. 그만큼 현성을 그가 아낀다는 의미였다.

작전명 반격.

이 작전에 참여를 결정한 스킬러 나이트들은 이미 죽음을 각오한 자들이었다.

인간만이 가진 고결한 희생정신을 발휘한 것이다.

"난 결정했다."

민연이 살아 돌아온다면 그보다 더 좋은 일은 없을 것이다.

하나 그녀가 죽어서 들것에 실려 나온다면 그 참담함을 평생 가슴에 묻고 살아가야 한다.

사실 현성은 그것이 가장 두려웠다.

―솔직히 난 네가 가지 않았으면 한다.

"그 마음만 받겠다."

―미친 결정이다. 알아?

"여기서 내가 미쳐 날뛰면… 그런 날 감당할 자신 있나?"

―…….

"연락 기다리지."

통화 종료 버튼을 누른 현성은 기운이 쫙 빠진 듯 소파에 길게 누웠다.

'그녀를… 살려줘. 그리고 아이도. 제발.'

민연은 임신 중이다.

그녀의 입을 통해 듣지 않았지만 우연히 발견한 임신 테스트기를 통해 그녀가 임신했음을 알게 됐다.

임신을 나타내는 두 개의 선명한 줄.

뼈가 끊어질 만큼… 아프다.

*        *        *

현성은 구조 작업이 한창인 매몰 현장을 방문했다.

땅을 뚫는 드릴, 잔해를 치우는 중장비, 구조대원들의 땀방울과 목소리, 피해자 가족들의 울음소리와 간절한 기도 소리가 현장을 가득 채우고 있었다.

구조대와 자원봉사자들, 저 많은 사람 중 단군으로 이주할 자격을 가진 사람은 극소수다.

상황이 이렇다 보니 자신의 일을 팽개치더라도 누구 하나 저들에게 손가락질할 수 없다. 시한부 인생을 살아가는 자들에게 매몰찬 인간은 몇 없으니까.

불행한 운명이 결정된 사람들이 매몰자 구조를 위해 뙤약볕 아래에서 구슬땀을 흘린다.

사랑하는 가족과 친구와 애인과 남은 시간을 함께 보내고 싶을 텐데…

오히려 매몰자들을 위해 헌신하는 구조대원들의 이타심이 비수가 되어 가슴을 찌른다.

"왔구나."

초췌한 모습의 차기수가 현성을 바라본다.

자식의 생사에 노심초사 중인 노인의 얼굴에서 현성은 자신의 모습이 보였다.

걱정을 살 만한 얼굴이다.

동정을 동이째 받을 형색이다.

"예."

현성은 차기수의 눈길을 피했다.

그를 보고 있자니 가슴 저 깊은 곳에서 뜨거운 뭔가가 이 자리에서 토해질 것만 같았다.

"밥은 먹었나?"

"예, 먹었습니다."

모래 알갱이 같은 밥알이 어찌 목구멍으로 넘어가랴.

"그래, 기다리는 사람이 더 힘내야 하는 법이지. 잘했다."

"잠은 주무십니까?"

"잘 자고 있다."

그동안 두 사람은 노심초사하느라 끼니는 물론 잠도 거의 자지 않았다.

그래도 서로를 생각해서 그렇다고 대답해 준다.

이를 알면서도 두 사람은 이 점을 모른 척한다.

"안심입니다."

간절하게 딸이 보고 싶은 남자와 제 여자가 보고 싶은 남자가 나란히 앉아 구조 현장을 본다.

선화가 두 남자를 위해 커피를 타 왔다.

최근 식량, 생필품, 기호 식품이 시장에서 귀물 취급을 받고 있었다.

커피 같은 경우는 더더욱 구하기 힘든 귀물이다.

하지만 이곳 현장에선 원하면 누구나 이를 마실 수 있었다.

유오찬의 적극적인 지원 덕분이다.

사람들이 술렁인다.

들것에 실려 누군가 나오고 있었다.

"살아 있어! 살아 있다고!"

한 구조대원이 격앙된 목소리로 소리치자 사람들이 일제히 환호성을 내질렀다. 현성을 비롯해 차기수, 선화 역시 놀란 표정으로 황급히 자리에서 벌떡 일어나 바라보았다.

모든 사람이 생존자의 정체를 알길 바라고 있었다. 매몰자

가족들이 몰려들자 경찰 저지선이 파도치기 시작했다.

"진정하십시오! 질서를 지켜주십시오!"

흥분한 사람들을 향해 경찰들이 소리를 쳤지만 묵묵히 자리만 지키고 있던 기자와 카메라까지 이 흥분에 가세하여 불을 지피고 있었다.

매몰 8일 만에 드디어 생존자가 나왔다.

반쯤 희망을 놓았던 사람들이 다시 희망을 품고 그 자리에서 무릎 꿇고 기도했다.

구급차에 실린 매몰자가 병원으로 이송되자마자 누군가 현성이 머물고 있는 천막을 향해 헐레벌떡 뛰어왔다.

그는 생존자의 신분을 이들에게 알려주었다.

그 순간 기대감이 무너진다.

구조된 사람은 십 대 후반의 남자란다.

꽉 쥐고 있던 모두의 주먹에 힘이 쭉 빠지는 순간이었다.

"그래도 희망은 있어요."

고개 숙인 현성과 차기수를 향해 선화가 말했다.

생존자의 등장으로 구조 작업에 활기가 붙었다.

이를 지켜보는 많은 사람에게서도 전에 없던 기대감이 엿보였다. 멍하니 이를 바라보던 현성이 자리에서 일어섰다.

"가보겠습니다."

"일 보게."

쓸쓸히 돌아선 그를 차기수와 선화가 배웅했다.

배웅을 받던 그가 걸음을 멈춘다. 그의 표정과 눈빛에서 차기수와 선화는 야릇함을 느꼈다. 할 말이 있어 보이는 표정이던 그는 아무 말도 하지 않은 채 몸을 돌릴 뿐이었다.

참사 현장에 오기 전에 그는 여러 사람을 만났다.

그에게 가족과 같은 사람들이었다.

'아연이와 희연이만 남았나?'

현성은 그만의 방식으로 차분하게 작별 인사를 모두에게 건네고 있었다.

*　　　　*　　　　*

"아찰라나타—시바—가 이번 작전에 참여하기로 결정했다는군. 정말 다행이지 않나? 하하."

"살만, 당신의 종교에서 말하던 이가 진정 그라고 생각하는 건가요?"

"난 그리 믿네, 반델리오 신부."

인류 최초로 광검의 존재를 외부에 알린 스킬러 나이트, 반델리오 신부는 교황청 직속 스킬러 나이트 부대인 성혼기사단의 부단장을 맡고 있었다.

하지만 실제 그는 교황청이 아니라 유오찬이 몸담고 있는 비밀 조직의 일원이다.

"자신을 예수라고 칭하던 사이비들로 인해 곤혹을 치른 제 입장에선 염려스럽군요."

"그는 혹세무민하는 자들과는 근본부터 달라. 자네도 그에

대한 자료를 읽어봐서 알 게 아닌가?"

살만이 두 눈을 빛내며 따지듯 물었다.

이에 반델리오 신부는 어색한 웃음을 띠며…

"그가 최강의 스킬러 나이트인 점은 저도 인정해요. 더욱이 적광의 스킬러 나이트인 당신이 한 말이니까요. 하지만 신의 화신이라니… 그건 좀 아니지 않나 싶습니다. 하하."

"명색이 신부라는 사람이 그리 믿음이 없어서야. 쯧쯧."

"제 직업이 신부라서 더욱 그렇죠. 그런데 괜찮겠어요? 만약 그자가 그 사실을 알았다가는 쿠리야마 가문의 불행을 당신도 겪을지 모르는데."

반델리오 신부의 우려에 살만은 씁쓸한 표정으로 고개를 내저었다.

"안 그럼 그는 움직이지 않았을 거야."

"위원회를 통해서 한국 지부장을 압박해도 되었을 텐데요. 그가 그의 상관이지 않습니까?"

"그는 그렇게 움직일 인물이 아니야. 그러니 한국 지부장도 그자를 조직에 가담시키지 않은 게지."

"언제 한번 매운맛을 보여줘야겠군요, 한국 지부장이란 작자에게. 하하."

"그는 이제 연맹의 영주야. 위원회로 그를 압박했다간 도리어 다른 지부장들의 집단 반발만 사게 될 걸세."

반델리오 신부가 고개를 내저으며 나직하게 한숨 쉰다.

"지부장들에게 권한을 너무 넘겨준 것 같아요. 위원회의 입김이 점점 작아지고 있으니."

"그 얘긴 그만하지. 그보다 그녀가 임신 중이라고?"

"그렇더군요."

살만의 표정이 다시금 어두워진다.

"그에게 두 배로 미안해지는군."

"그가 살만이 믿는 '그'라면 살만은 천벌을 받겠군요."

"나 하나 천벌을 받아서 일이 잘 풀린다면야 얼마든지 감수할 걸세."

쓴웃음을 짓는 살만을 향해 반델리오 신부는 짓궂게 웃는다.

하지만 그의 고귀한 희생정신에는 진심으로 경의를 표한다.

"살만의 희생이 헛되지 않기를 기도하죠."

"그래도 모르니까. 혹시라도 천벌이 못 견디게 아프면… 내가톨릭으로 개종함세. 일종의 보험이지."

"하하. 그분은 언제든 환영하실 겁니다. 그분은 사랑의 주님이시니까요."

"자아, 그럼 그녀의 영상 편지나 카메라에 담아볼까. 그가진심을 다해 싸울 수 있도록."

살만을 위해 반델리오 신부가 기도한다.

지옥의 불구덩이 속으로 스스로 걸어 들어간 의로운 살만을 위해서.

그리고 스스로 불나방이 되기를 자청한 작전 '반격'에 참여한 스킬러 나이트들의 고귀한 정신이 헛되지 않기를 바라면서.

'주여, 그들의 희생이 헛되지 않기를 이 종, 간절히… 간절

히… 바라옵니다.'

*　　　*　　　*

소백산 은신처.

"오랫동안 방치했는 데도 어제 나갔다가 돌아온 것처럼 여전하네. 헐."

희연이 오두막과 마당을 돌아보며 감회에 젖은 목소리로 말한다.

텃밭과 마당에 자란 무성한 잡초만 제외하면 오두막은 자신들이 살던 그때와 전혀 변함이 없었다.

아연 역시 감회에 젖은 촉촉한 눈으로 오두막 여기저기를 둘러보았다. 현성은 평상에 앉아 소백산의 전경을 두 눈에 담았다.

부산을 떨던 자매는 가져온 음식을 그릇에 담아 평상으로 내왔다.

"그땐 이곳이 참 답답하다고 느꼈었는데 지금 와서 생각해 보면 괜찮은 시절이었단 생각이 드네. 그렇지 않아, 언니?"

회상에 젖은 희연의 목소리에 아연이 고개를 주억거리며 현성의 눈치를 살핀다.

현성의 기분을 고려하는 일은 비단 아연만이 아니었다.

희연 역시 이를 신경 쓰고 있었다.

"오빠, 이거 드셔보세요."

아연이 권한 케이크 한 조각을 받아 든 현성은 다른 날과 달리 오늘은 미루지 않고 곧장 한입 베어 문다.

"맛있네."

현성이 케이크를 먹어주자 아연은 기뻐했다.

한편으론 부정하고 싶은 불안감이 스멀스멀 피어올랐다.

"그거 언니가 만든 거야, 캡틴."

"그래? 입에 딱 맞네."

"와우, 캡틴 오늘따라 제대로 립 서비스 날리네. 호호."

생사가 불투명한 민연에게는 미안했지만 이런 자리에서까지 그녀를 거론하며 분위기를 망치고 싶지 않다. 그래서 희연은 평소보다 더 발랄하고 시끄러운 소녀를 자청했다.

현성이 어찌 그녀의 속내를 모르랴.

"캡틴, 오늘 여기서 자고 갈 거지?"

"그러고 싶어?"

"응, 꼭 고향 집에 온 것 같아서 그러고 싶어지네."

"그러자."

"와아, 그럼 거실에서 다 함께 잘까?"

젊은 여성들과의 혼숙이라… 숙맥인 남자라면 얼굴을 붉힐 노릇이고, 닳고 닳은 남자라면 기뻐 어깨춤을 덩실덩실 흔들 상황이다.

하지만 현성은 별다른 반응 없이 고개만 끄덕인다.

"언닌 어때? 괜찮지?"

"어, 응… 괜찮아."

아연의 얼굴이 단숨에 홍시처럼 붉어진다.

짓궂은 마음이 살짝 들었지만 분위기를 고려해서 희연은 이를 걸고넘어지지 않았다.

"내 피와 땀이 고스란히 밴 수련터도 남아 있으려나? 오빠, 언니, 나 잠시 갔다 올게."

벌떡 일어선 희연은 도망치듯 자리를 떠나 버렸다.

맴맴맴맴맴맴.

"덥죠, 오빠?"

"별로."

아연이 제 손가락만 쳐다보며 자꾸 꼼지락거린다.

한참을 그러다가 갑자기 고개를 발딱 추어올려서는 뜬금없이…

"삼겹살 가져왔는데 저녁에 구워 먹을래요?"

"어? 으응."

"고기는 삼겹살이 좋더라고요, 전."

"나도 그래."

현성이 자신의 취향에 동의해 주자 아연은 몹시 기뻐했다.

기분이 좋아진 그녀는 자랑처럼…

"묵은 김치도 갖고 왔어요. 구하느라 좀 애먹긴 했지만요."

"포식하겠네. 수고했어."

"저 준비할게요. 기대하세요."

"그러마."

활짝 웃던 아연의 얼굴은 돌아서자 언제 그랬냐는 듯 촉촉한 서글픔을 띤다.

탁.

그녀가 집 안으로 들어간다.

매미 소리가 더욱 커진다.

지독한 무더위는 분란이 끊이지 않는 도심에서처럼 깊은 산
중에서도 그 맹위를 잃지 않는다.

'지독한… 날씨네.'

하아.

생사조차 불투명한 민연이 떠오르자 절로 한숨이 터져 나온
다.


*     *     *


두 아이를 바라본다.

현성에게 아연과 희연은 아버지의 학대에 늘 지쳐 불안감에
시달리던 가여운 아이들이었다.

그랬던 두 아이는 이제 성인이 되어 제 몫을 다하며 제 삶을
꾸려 나갈 수 있는 위치에까지 이르렀다.

세상에서 가장 믿을 수 있는 사람이 누구냐고 딱 꼬집어서
말해야 한다면 현성은 주저 없이 저들 자매를 가리킬 만큼 자
매에게 각별한 애정을 갖고 있었다.

곤히 잠든 자매의 평온한 얼굴을 잠시 바라보던 현성은 조
용히 몸을 일으켜 세웠다.

그가 떠난 자리, 편지 두 통이 자매의 머리 위에 놓여 있었다.

그리고 잠든 줄 알았던 아연이 스르르 눈을 떴다.

그 눈은 결코 자다 깬 눈빛이 아니었다.

'오빠를 대신해서 모두를 제 손으로 반드시 지키겠어요. 그러니 반드시 돌아오세요.'

그가 가는 곳이 어디인지 모른다.

왜 가는지도 모른다.

하지만 이것 하나만큼은 알 수 있다.

필요해서, 꼭 필요해서 간다는 것을.

*　　*　　*

북미 몬스터 게이트에서 동쪽으로 25킬로미터 떨어진 지하 거대 군사시설 기지.

이곳에서는 지금 인류의 미래를 위해서 스스로 고난과 역경을 선택한 의로운 이들이 운집해 있었다.

인류는 이들에게 지상 복귀라는 대업의 선봉을 눈물로 내맡겼다.

현성을 포함한 총원 서른여섯 명의 스킬러 나이트.

이들 개개인의 능력은 최하 금광의 스킬러 나이트로, 자국에서 각자 부귀와 영화가 약속된 이들이었다.

그러한 이들이 그 모든 것을 포기하고 위험한 작전에 동참하기 위해 이 자리에 서 있었다.

가진 것을 내려놓는 일은 결코 쉬운 일이 아님을 기억하라.

"반갑소, 아찰라나타."

반가움과 호감을 주름진 검은 얼굴 가득 담아낸 살만이 제 동료들과 함께 현성에게로 걸어온다.

현성 역시 살만을 한눈에 알아보았지만 그와 웃으면서까지 나눌 친분은 없었다.

무뚝뚝한 현성의 반응에도 살만은 이를 전혀 개의치 않았다.

오히려 살만의 뒷전에 나란히 서 있던 삼남일녀가 그를 대신하여 노골적인 불쾌감을 드러냈다.

불만을 띤 이들의 눈빛과 태도에도 현성은 위축되지도 흔들리지도 않았다. 그의 태도를 오만함으로 생각한 삼남일녀의 표정이 더욱더 차가워졌다.

현재 지구 상에 존재하는 스킬러 나이트는 총 5단계로 구분된다.

그중 최상위 단계인 적광의 스킬러 나이트에 그 이름을 올린 이들이 살만을 위시하여 바로 이들 삼남일녀였다.

이런 이들에게 자광검이란 돌연변이 광검의 소유자는 이도 저도 아닌 존재라는 인식이 머릿속에 박혀 있었다.

한데 그런 자가 스킬러 나이트 최강이란 수식어를 갖고 있고, 거기다 건방지고 오만하기까지 하다. 삼남일녀의 입장에서 그렇다는 것이다.

"아하하! 내가 실수했군. 당신을 위해 특별한 통역 한 분을 모셨는데. 아! 저기 있네. 에리카, 에리카 씨! 반가운 얼굴이 여기 있습니다."

언어의 장벽이 고유의 이름까지 차단하는 건 아니다.

귀에 익은 이름을 듣자 현성은 살만이 손짓하는 방향으로 무심결에 고개를 돌렸다.

과연 그곳에 아는 얼굴이 걸어오고 있었다.

'저 여자가 왜 여기 있지?

나나세 에리카. 현성이 아는 한 살만이 부른 풀 네임의 그녀는 이런 자리에 자발적으로 참여할 그럴 만한 인물이 아니었다.

이를 증명하듯 에리카의 표정은 다른 이들과 섞이지 못한 채 겉돌고 있었다.

에리카 역시 먼저 다가가서 인사할 그런 사이는 아니다.

"오랜만이에요, 선우현성 씨."

"여긴 무슨 일이지?"

나나세 에리카의 결사대 참여는 현성에게는 정말이지 의외였다.

부드럽게 웃음 짓는 살만을 슬쩍 쳐다보던 에리카의 시선이 다시 현성에게로 향한다.

"인류를 위해서 결사대에 참여했다고… 말한다면 날 알고 있는 당신에게는 어이없는 유머가 되겠죠. 흐음, 사실대로 말하죠. 이번 작전 참여는 제 목숨을 담보한 제 인생 최대의 도박이죠."

"도박이라?"

현성과 에리카는 국적도 성별도 다르다.

같은 장소에서 동일한 목적으로 뭉쳐 있지만 실상 추구하는 바도 다르다.

그렇게 서로 다른 이들이 하나의 목적을 향해 전진해야 한다.

하얀 도화지에 떨어진 불순물이랄까? 극단적으로 표현하자면 그렇지 않을까 싶다.

에리카의 고백이 현성의 가슴속에서 긴 여운이 된다.

현성의 눈길을 피하며 에리카가 말을 잇는다.

"그런 게 있어요. 알면 제 밑천 다 드러나니까 더는 묻지 마세요."

여전히 부드러운 미소를 입가에 머금은 살만이 두 사람에게서 시선을 떼지 않는다.

연륜과 실력을 겸비한 인도인 살만은 결사대의 지휘관을 맡고 있었다.

두 사람의 인사가 끝난 듯싶자 살만이 정중한 목소리로 끼어든다.

"에리카 씨, 그와 저의 다리가 되어주시겠습니까?"

"그러죠."

선우현성이다. 살만을 대하는 에리카의 태도 하나만 보면 그러하다.

그럼에도 현성과 달리 그녀를 바라보는 이들의 시선에는 삐딱한 기색이 없다.

개인에게 주어진 열세 시간. 길다면 길고 짧다면 짧은 지구에서의 마지막을 쓸데없이 낭비하고 싶지 않은 현성이다.

들을 이야기가 있으면 빨리 듣고, 해줘야 할 말이 있으면 빨리 하고 싶다.

현성이 채근하는 눈빛으로 에리카를 본다.

"살만 씨가 당신과 함께 차를 마시자고 하네요."

"나와?"

"예."

"이유는?"

통역만 하는 그녀가 어찌 그 이유까지 알겠는가.

"전 그와 당신의 통역사로서 이 자리에 있어요. 그 이유를 제가 알 수 없죠. 원한다면 물어는 보죠. 물어볼까요?"

"됐어. 그렇게 하지."

사람들에게 현성의 뜻을 에리카가 전한다. 그러자 살만이 환하게 웃으며 자신의 숙소로 앞장서서 걸었다.

병풍처럼 서 있던 삼남일녀 중 젊은 서양인 남자가 언짢은 기색으로 말한다.

"저 동양인, 엄청 까칠해 보이지 않아? 표정도 기분 나쁘고."

"내가 보기에는 성격 탓인 것 같은데. 주변과 잘 어울리는 사람이 있는가 하면 혼자이기를 고집하는 사람도 있잖은가. 앞으로 고난을 함께 헤쳐 나가야 할 동료잖아. 색안경으로 보지 말라고, 칼슨."

삼남일녀 중 중년의 남자가 현성을 편을 들었다. 사실 이 남자의 입장에서는 어쩔 수 없는 일이기도 하다.

왜냐면 이 남자는 결사대의 부지휘관이기 때문이다.

"휴우, 에반은 사람이 너무 좋아서 탈이에요. 아까 그 표정이 어떻게 좋은 성격의 표본이라고 볼 수 있어요. 척 봐도 나까칠한 인간이야! 그러니까 용무 없으면 말도 걸지 마! 꼭 이렇게 말하는 것 같잖아요. 저러는 건 살만이 너무 오냐오냐해서그런 거라니까요. 자광검? 그게 뭔 대수라고. 쳇."

내심 살만을 존경하고 있던 칼슨이었다.

그런 인물이 현성을 싸고돌자 기분이 좋지 않았다.

칼슨이 자신의 동조자를 찾는다.

"저도 칼슨의 의견에 동감입니다, 에반 씨."

이 중 유일한 동양인 장국정마저 칼슨의 편을 들자 에반이내심 고개를 내저으며 홍일점인 여인을 바라보았다.

"클레흐, 넌 어때? 너도 그가 마음에 안 들어?"

"그의 태도에는 관심 없어요. 제 관심은 오직 하나, 살만이그를 최강의 스킬러 나이트라고 인정했다는 점이죠."

호승심이 클레흐의 내면에서 끓어오른다.

"……."

에반은 그제야 이 중에서 가장 위험한 인물이 누구인지 알게 되었다.

질투와 호승심에 눈이 돌아간 클레흐라는 사실을.

'함께 맥주에 소시지라도 씹어야 하나?'

독일인다운(?) 생각이다.

　　　　　*　　　*　　　*

　"살만 씨가 당신에게 호감이 많네요, 현성 씨."

　저녁 식사를 마치고 잠시 쉼터에 앉아 있는 현성에게로 다가온 에리카는 들고 있던 음료수 캔을 그에게 건네며 그 옆에 앉는다.

　군 지하 시설물이라 그런지 모든 면에서 효율성을 강조하여 딱딱한, 감수성이 결여된 구조다.

　인류 보존 계획하에 마련된 각국의 지하 방공호와 이곳이 동일한 구조라면 그곳에서 생활해야 할 사람들의 정서는 금세 메마르지 않을까 싶다.

　쥐구멍에 볕 들 날만 기다리며 언제까지나 그렇게 숨어 살아야 하는 게 과연 사는 걸까? 그것이 과연 행복한 삶이 될까? 의구심을 가지지 않을 수 없다.

　"관심 없어. 그보다 네가 왜 여기 있는 거지? 널 위협할 자들은 더 이상 그쪽에 없을 텐데."

　"이유가 있으니까 여기 있는 거겠죠. 그보다 제게 관심이 있나 보군요."

　자신을 빤히 처다보는 현성의 눈빛에 에리카는 나직하게 한숨 쉬며…

　"농담이에요."

　"악연도 인연이라더군. 어쨌든 잘 지내보자고."

　"호오, 그런 말도 할 줄 알아요? 놀라운데요."

현성을 대하는 에리카의 태도에서 친밀감 같은 게 느껴진다.

"너와 시시한 농담으로 내 아까운 시간을 보내고 싶지 않군. 음료수 잘 마셨다."

자리에서 일어서서 걸어가는 그의 등을 바라보며 에리카는 생각한다.

자신이 살아서 무사히 돌아올 수 있는 확률이 어느 쪽에 붙어야 더 큰지에 대해서.

그녀의 결론은 확실했다.

'당신을 찍었어, 선우현성.'

*　　　*　　　*

"이봐."

숙소로 들어가려던 현성을 누군가 뾰족한 목소리로 불러 세운다.

상당히 도전적이면서도 거친 음성이다.

상대의 기척을 이미 알아차렸기에 현성은 전혀 놀라지 않았다. 이번엔 또 무슨 일인가? 귀찮다는 기색이 돌아선 그의 눈동자에 역력하다.

그의 눈앞에 칼슨, 장국정, 클레흐가 서 있었다.

적광의 스킬러 나이트라는 자부심으로 똘똘 뭉친 이들이다.

"내게 무슨 볼일이지?"

현성은 저들이 자신에게 호의적이지 않다는 것을 알고 있었다. 저들의 생각이나 감정과 행동은 개인의 자유다. 그러니 자신이 상관할 이유나 필요는 없다.

하지만 임무에 지장을 초래한다거나, 혹은 자신을 귀찮게 한다면 그건 분명히 선을 긋고 넘어가야 할 문제다.

알지도 못하는 세계에서 불귀의 객이 되고 싶은 마음은 눈곱만큼도 없기에.

"저 녀석, 뭐라는 거지? 장, 너도 저자와 같은 동양인이잖아? 대충이라도 무슨 뜻인지 몰라?"

"이봐, 칼슨. 조그만 반도국과 대국을 동급으로 보는 거야? 아무리 너라도 그건 참을 수 없어."

장국정의 싸늘한 일갈에 칼슨이 항복의 의미로 양손을 가슴 높이로 들어 보인다.

"오, 미안. 그래도 이웃한 나라니까 조금은 알아듣지 않을까 해서 물어본 거야. 그런데 저 자식은 왜 영어를 한마디도 못하는 거야? 얼핏 듣기로 한국인은 자국어보다 영어를 더 선호한다고 하던데. 흐음, 미스터리네, 그 능력만큼이나."

언어의 장벽을 느낀 칼슨이 난처한 표정으로 장국정과 클레흐를 바라본다.

고개를 절레절레 내저으며 클레흐가 앞으로 나선다.

"너의 실력을 보고 싶다."

클레흐는 자신이 찾아온 목적을 한 자 한 자 힘주어 또박또박 말해주었다.

그녀의 말뜻을 현성이 어찌 알아들을 수 있으랴.

하지만 사람에게는 눈치라는 게 있고, 이를 뒷받침할 수 있는 몸짓도 있다.

클레흐는 현성을 향해 다짜고짜 주먹을 내질렀다.

공격이 목적이 아닌 대련 신청의 의미였다, 주먹에 힘이 과하게 실려 있었지만. 하지만 이를 순순히 맞고 나가떨어져 줄 현성이 아니다.

여자라고 해서 봐주겠지 생각한다면 이는 크나큰 오산이다.

퍼억!

속담에 이런 말이 있다.

되로 주고 말로 받는다.

클레흐가 딱 그 짝이다.

그녀는 주먹을 내질렀지만 호주머니에 양손을 찔러 넣고 있던 현성은 반사적으로 발을 날렸다.

그것도 여자의 아래턱을 정확하게 가격해 들어갔다.

스킬러 나이트의 신체 능력은 일반인의 상상을 뛰어넘는다.

더욱이 그녀는 스킬러 나이트 중에서도 정점에 서 있는 적광의 스킬러 나이트다.

이 정도 타격으로 정신을 잃거나, 혹은 큰 부상으로 이어지거나 하지 않을 것은 분명하다. 그쯤은 충분히 고려할 줄 아는 지성인 선우현성이니 말이다.

쿠당탕.

"으윽! 너, 으으……."

그렇다곤 하지만 꽤나 충격이 심했던 모양인지 클레흐는 말을 제대로 잇지 못한 채 한동안 괴로워했다.

의기투합한 동료가 나가떨어졌지만 칼슨과 장국정은 그녀를 일으켜 세우지 않고 그저 멍하니 바라만 본다.

이 상황이 믿어지지 않아 대처가 늦어진 것이다.

'멋진… 킥이네.'

칼슨의 반응.

'크, 클레흐를 저 개자식이……!'

클레흐를 남몰래 연모하는 장국정의 격렬한 반응.

나가떨어진 클레흐의 복수를 위해 장국정이 중국의 전통 무술 쿵후로 복수에 나선다.

현성은 요란하게 자세를 잡고 있던 장국정을 또 한 번의 발차기로 날려 버렸다.

싸움에 무슨 형식과 자세가 필요한가.

상대보다 빠르게 먼저 때려서 눕히면 그만이다.

장국정과 클레흐를 사이 좋게 날려 버린 현성이 이번에는 칼슨을 쳐다본다.

너도 덤비겠느냐는 과묵한 물음이 담긴 눈빛이다.

움찔.

"난 심판 자격으로 왔을 뿐이라고. 싸울 생각 따윈 전혀 없다고. 하하."

직접 목격하지 않았다면 또 모를까 그와 싸워 봐야 망신살만 뻗칠 것은 뻔한 일이다.

죽기 살기로 싸워야 할 적도 아닌데 굳이 그럴 필요가 있겠는가. 작전도 코앞인데.

스스로 정당성을 부여하며 뒤로 몸을 빼는 칼슨이다.

턱을 얻어맞고 나가떨어졌던 클레흐가 벌떡 일어나더니 현성을 향해 돌진했다.

"죽여 버리겠어!"

살기등등한, 아니, 반쯤 미쳐 버린 모습이다.

스킬러 나이트답게 그녀의 공격은 빠르고 강력했다.

장난으로 봐줄 수준의 공격이 결코 아니다. 그러나 여기에 쉽게 당할 현성은 더더욱 아니다.

친밀하고 끈끈한 동료애는 완전히 물 건너가는 순간이다.

현성이 미끄러지듯 옆으로 피해 버린다. 그를 대신해서 클레흐의 공격을 받게 된 자동 강철 문이 순식간에 우그러져 안쪽으로 홱 날아갔다.

싸우는 소리를 듣고 사람들이 몰려들었다. 새롭게 찾아든 사람들은 이들의 정체를 알기에 만류할 엄두조차 내지 못한다.

흥분한 클레흐의 공격은 여기서 멈추지 않았다. 오히려 더 심해지고 있었다.

"더 이상은 봐주지 않겠다."

현성이 차분한 목소리로 경고했다. 그런다고 이를 알아먹을 클레흐가 아니다.

"무슨 개소릴 씨불이는 거야! 너, 오늘 죽었다고 복창해!"

휙휙!

클레흐의 공격은 계속하여 현성의 잔상만 때린다.

딱 한 대, 딱 한 대만 때리면 돌아갈 의향이 그녀에겐 있었다.

그와 상대해 보니 죽기 살기로 싸우지 않는 한 자신이 패할 것임을 알아차렸기 때문이다.

이를 자각했지만 지켜보는 눈들이 너무 많았기에 자존심 때문에 지금까지 버티고 있었다. 누군가 말려주길 바라는 마음이 시간이 갈수록 커지고 있었다.

그때 클레흐의 눈에 현성이 주먹을 쥐는 모습이 포착됐다.

서걱.

가슴이 뭉텅이로 베어져 나가는 기분이다.

'한국 교육청은 신사도조차 가르치지 않는 거야!'

점점 당황하는 클레흐.

이를 아는지 모르는지 현성이 불끈 쥔 주먹을 그녀에게 내보이며 한국말로 당당하게 말한다.

"치료의 스킬러가 준비되어 있을 테니까 죽지 않을 만큼만 패겠다. 각오하도록."

현성은 친절하게 자신이 앞으로 할 행동에 대해서 클레흐에게 설명했다.

그때 그의 배후를 장국정이 급습했다.

살짝 몸을 띄워 장국정의 공격을 피한 현성은 착지하자마자 녀석의 뒤통수 머리채를 확 낚아채서는 뒤로 던져 버렸다.

머리채가 잡혀 날아가는 볼썽사나운 모습을 보이게 된 장국정의 자존심이 철저히 망가진다.

'이… 이 개자식이!'

한 움큼의 머리카락이 복도를 깃털처럼 난다.

클레흐의 공격이 날리는 머리카락을 단숨에 뚫고 현성에게 쇄도해 들어갔다.

현성이 국정을 뒤로 던져 버리지 않았다면 녀석은 클레흐의 공격을 정통으로 맞았으리라.

방식이 과격했을 뿐 현성은 국정을 도와주었다.

적어도 이번 클레흐의 공격은 몹시 사납고 매서워서 잘못 맞으면 살이 터지고, 뼈 한두 개는 순식간에 뚝뚝 부러질 만큼 대단히 강맹한 공격이었다.

하지만 위력이 아무리 좋아 본들 뭐하랴. 맞지 않고 피하면 미풍만도 못한 것을.

사람들의 감탄성이 쏟아진다.

"헐."

"영화에서나 볼 법한 몸놀림이네."

"예술이다! 예술. 우와아아⋯⋯."

클레흐의 공격을 간단히 피한 현성이 이번엔 공격에 나섰다.

그가 접근하자 클레흐가 그를 향해 마구잡이로 주먹을 휘두른다. 그 모든 공격을 제자리에서 상체의 움직임만으로 모조리 피한 현성이 앞으로 팔을 쭉 뻗는다.

"커억!"

클레흐는 현성의 손아귀에 목울대가 잡혀 버렸다.

숨통이 죄어온다. 뇌는 산소 공급이 끊어졌다며 적색 신호를 연방 보내고, 심장은 미친 듯이 펌프질 한다.

얼굴색이 점점 창백하게 변하는 클레흐를 보니 몇 초만 더 움켜잡았다간 기절해 버릴 것 같다.

그래도 나름 여잔데 침 질질 흘리면서 기절하는 모습을 뭇 사람들에게 보여선 안 될 것 같다는 생각이 불쑥 든 현성이 손아귀의 힘을 풀었다.

동공이 풀린 상태로 주저앉아 있던 클레흐가 연방 마른기침만 토해낸다.

그녀에게선 더 이상 싸울 의지도, 뜻도 없어 보였다.

자신의 힘에 자부심을 갖고 있는 젊은 무리에는 늘 이러한 서열 정리가 필요하다.

"그만 돌아가라."

의식을 완전히 회복한 클레흐는 현성의 다리를 걸려 했다.

끝까지 끈질긴 여자가 아닐 수 없었다.

현성은 피하는 대신 자신의 무릎으로 클레흐의 다리를 찍어 버렸다.

빠악!

뼈가 부서지는 섬뜩한 소리와 이를 악문 자의 신음이 동시에 터져 나온다.

"크으으으흑!"

더 이상은 안 되겠다 싶었던지 한발 뒤로 물러서 있던 칼슨이 뛰어들어 제지했다. 물론 현성에게는 싸울 뜻이 없다는 뜻으로 두 손을 가슴 높이로 들어서 펼쳐 보인다.

웃음도 함께 실어주어야 하나? 그건 지켜보는 눈이 너무 많

아서 저들의 입방아에 오를 것 같아 차마 하지 못했다. 칼슨이
말했다.

"이봐, 이제 됐다고. 그만해. 이러다간 클레흐가 죽어!"

이 말 역시 어찌 현성이 알아들으랴. 하지만 앞서 언급했듯
인간에겐 눈치가 있고, 이를 보조해 줄 몸짓이란 게 있다.

현성이 말없이 뒤로 물러선다.

스르륵.

털썩.

"콜록콜록… 헉헉."

"으야야야얍!"

붉은 조명을 켰나? 갑자기 주변이 노을처럼 물들었다.

칼슨의 두 눈이 당혹감으로 화등잔만 해진다.

구경하던 사람들도 갑자기 비명을 터뜨리며 혼비백산한다.

사납게 내동댕이쳐졌던 장국정이 격정을 주체 못 하고 그만
광검을 뽑아 든 것이다. 그리고 이것을 현성을 향해 휘둘렀다.

"안 돼!"

"위험해!"

"이런!"

국정의 광검이 현성을 벴다.

그의 몸이 잘려 나간다. 정확하게 말하면 그의 잔상이었다.

"헉!"

"오… 마이 갓!"

"장!"

시각적인 착각, 착시에 넘어간 사람들이 일제히 비명을 내질렀다. 주저앉아 헐떡거리던 클레흐 역시 이 상황에 놀라긴 마찬가지다.

현성을 베었다고 생각한 국정은 일이 지나치게 커졌다는 것을 그제야 인식한 듯 그 얼굴이 파랗게 질려 몸을 떨었다.

부들부들.

"이… 이건 내 잘못이 아니야. 내가 잘못……."

"어! 그가 살아 있어!"

누군가 복도 천장을 가리키며 소리친다.

그제야 모두의 시선이 약속이라도 한 듯 일제히 천장으로 향했다.

여기저기서 안도의 한숨과 감탄이 터져 나왔다.

현성은 국정의 공격을 피해 천장에 붙어 있었다. 눈매를 몹시 매섭게 뜬 채로, 먹잇감을 향해 달려들 듯 사나운 기세를 전신에서 줄기차게 뽑아내며.

천장에서 몸을 날린 현성이 장국정의 어깨를 무릎으로 강하게 찍어버렸다.

퍼억!

"크악!"

주저앉은 국정이 고개를 발딱 세워 현성을 본다.

녀석의 얼굴엔 안도감과 고통이 혼재하여 잔뜩 일그러졌다.

제 어깨를 움켜잡은 채 몸을 떠는 장국정, 그를 내려다보는 현성의 눈빛은 소름 끼치도록 차갑고 무겁다.

국정은 그가 자신의 머리통을 몸통에서 뽑아버릴지도 모른다는 극단적인 생각마저 한다. 현성의 눈빛과 태도가 그만큼 진지하고 살벌했기 때문이었다.

부르르.

싸움 소식을 전해 듣고 살만과 에반, 에리카가 현장에 도착했다.

창백하게 질린 클레흐를 시작으로 칼슨과 장국정을 차례로 쳐다보던 살만이 나직하게 한숨을 내쉬다가 곧 크게 호통쳤다.

"이 무슨 추태냐! 인류의 미래를 위해 싸워야 할 전사들이 저희끼리 치고받아! 에반!"

"예."

"저 넷을 작전 개시 전까지 모조리 한방에 감금해 둬라."

"사, 살만, 그건 좀……."

에반이 보기에 저 넷을 한곳에 가두어 놓았다간 하나가 죽거나, 혹은 셋이 죽고 하나가 살아서 그 방을 나올 것만 같았다.

"에반, 지휘관으로서의 명령이다."

살만의 태도가 워낙에 강경하자 에반은 더 이상 그를 설득할 수 없었다.

'하아, 첫날부터 난리도 아니군. 역시… 맥주와 소시지를 먹었어야 했어.'

\*　　　\*　　　\*

현성에게 된통 얻어맞은 클레흐와 장국정은 기지의 치유 스킬러의 도움으로 다친 곳을 말끔히 회복했다. 하지만 남녀의 자존심은 여전히 아물지 않고 손톱에 박힌 가시처럼 콕콕 쑤셨다.

기지 통제실에서 살만과 에반은 카메라의 눈으로 이들을 살펴보고 있었다.

막상 한방에 몰아넣기는 했지만 혈기 왕성한 녀석들이다 보니 또 무슨 사고를 칠지 몰랐기에 감시를 소홀히 할 수 없었다.

"저들이 싸우지 않을 것이라고 짐작하셨습니까, 살만?"

"자신이 최고라고 믿는 젊은 애들이 모였으니 푸닥거리야 당연하잖아. 나름 서열 정리도 된 것 같고."

살만이 여유를 되찾은 듯 입가에 부드러운 미소를 머금는다.

"살만은 정말 못 당하겠군요. 그런데 저렇게 서로 삐져 있으면 작전에 걸림돌이 되지 않을까요? 아무래도 맥주와 소시지로 화해……."

"독일인의 자부심이란… 쯧."

살만의 핀잔에도 에반은 굴하지 않았다.

"제 말뜻이 그게 아닌 걸 아시잖습니까?"

"그건 나중에 자네가 알아서 하게. 치고받고 싸웠으니 화해의 장을 마련해 주는 것도 연장자의 몫이지."

"하하. 당연하죠. 그런데 저 선우현성이란 녀석 정말 대단하네요. 장과 클레흐를 상대로 호흡 하나 흩뜨리지 않고 제압해 버리다니. 살만이 그를 아찰라나타라고 부를 만하더군요."

에반이 질렸다는 표정으로 혀를 내둘렀다.

몇 시간 전, 그 싸움을 목격한 모두가 에반과 같은 심정이다.

"큰일은 없을 것 같아 보이지만 그래도 혹 모르니까 잘 주시하게. 젊은 애들은 럭비공 같아서 어디로 튈지… 하아, 청춘이라… 흐흠."

"눈알 빠지게 지켜보겠습니다. 하하."

"그럼 난 영상 작전 회의가 있어서 이만 가보겠네."

복도로 나온 살만의 표정이 썩 밝지 않다.

'영상 편지는… 영원히 감춰둬야 할 것 같군. 늙은 뼈다귀라도 온전히 보존하려면. 하아.'

현성의 손속을 보지 않았다면 모를까 한번 보니 늙은 몸이 지레 놀라 움츠러들었다.

그래도 어쨌거나 지구 최강의 스킬러 나이트를 결사대에 합류시켰다는 점에서 만족하고 있는 살만이다.

# 제52장
심원의 나무

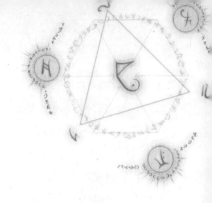

결사대 출동 한 시간 전.

결사대 대원들은 각자의 심정을 편지지에 적어 밀봉했다.

비장한 각오로 이들이 쓴 편지는 자신의 유서였다.

이를 작성한 대원들은 특별하게 제작된 옷과 신발로 갈아입는다.

몸에 착 달라붙는 옷은 두껍지 않았지만 이 두께와는 별개로 옷에는 다양한 기능이 갖추어져 있었다. 그리고 허리에 두른 허리띠에는 생존에 필요한 초소형 물품들이 작은 가방에 담겨 있었다.

"결사대는 중앙 통제실로 모인다!"

출동을 알리는 명령이 기지 전체를 흔들었다.

"가자!"

결의를 다지는 목소리와 함께 서른여섯 명의 결사대가 지하 기지에서 빠져나갔다.


미국과 유럽의 항공모함은 결사대의 작전 수행을 돕기 위해 각지에서 사선을 뚫고 집결했다.

이들 모두 자신의 목숨을 이번 작전에 내던진 자들이었다.

쿠우우우우우.

항공모함의 갑판에서 전투기들이 요란한 굉음을 일으키며 출격했다.

조종간을 쥔 조종사들의 눈빛과 표정은 비장한 결의로 채워져 있었다.

이 싸움의 목적은 단 하나였다.

자신을 미끼로 던져서 결사대가 무사히 절멸자를 포획한 뒤 거대 몬스터 게이트로 진입케 하는 것이다.

"인류를 위해서!"

"우리의 고향을 위해서!"

"…가족을 위해서!"

죽음을 불사한 뜨거운 신념을 다부진 결의로 토해내며 전투기의 기수가 절멸자 무리를 향해 날아간다.

"무운을……."

모두의 경례를 받으면서.

          *        *        *

츄리리릿!

쐐애애액.

투투투투투!

콰쾅!

투아아앙! 퉁퉁퉁퉁!

푸른 하늘을 수놓는 불꽃과 검은 연기, 바람에 실려 내달리는 가슴 조이는 굉음만이 그곳을 지배하고 있었다.

"으아아악!"

"크악!"

"심슨, 록!"

전우들이 불꽃과 함께 사그라진다.

죽기를 각오한 출격이었지만 막상 전우들이 속절없이 하나 둘 사라지자 마음이 갈기갈기 찢긴다.

어떤 흥분한 조종사는 격분하여 절멸자를 전투기로 들이박아 버리기까지 했다.

자신들이 가진 무기가 놈들에게 전혀 효과를 주지 못했기 때문이다.

극단적인 이 방법은 그나마 놈들의 이목을 돌리게 한다.

"열한 시 방향이다. 열한 시 방향에 무리를 이탈한 놈이 있다!"

미국과 유럽 국가의 항모에서 출격한 조종사들의 목적 중 하나가 드디어 이루어진 순간이다.

이를 위해 산화한 동료가 몇이던가!

그들의 얼굴과 이름과 추억으로 산 자들의 심장은 이미 포화 상태였다.

"2, 3, 4, 5편대는 1, 2편대를 후방에서 엄호하기 바란다. 8, 9, 10, 11편대는 좌우 측면에서 유사시를 대비하라. 나머지 편대는 적의 동향을 주시하라!"

촤라라락!

절멸자들의 위협적인 촉수가 쏜살같이 날아와 하늘에 거미줄을 친다.

여기에 걸린 전투기는 힘 한번 써보지 못한 채 굉음과 불꽃을 일으키며 사라졌다.

쾅쾅쾅쾅!

"크아아악!"

"아악!"

결사대가 절멸자를 무사히 포획하여 몬스터 게이트 안으로 들어갈 수 있도록 조력한다.

조종사들은 이를 위해 지금 죽을힘을 다하고 있었다.

전우들의 비명, 기체의 폭발성이 내내 쉼 없다.

1분이라도 잠잠했으면 하고 바라는 것은 이 전장에선 손가락질 받을 사치였다.

조금만 방심해도, 선택을 잘못해도 기체는 동강 나고 목숨은 이슬처럼 사라진다.

적에게 타격이라도 입힐 수 있다면야 조금이라도 통쾌할 텐데 고작해야 놈들의 이목 끌기가 전부다.

그래도 이 작전이 품고 있는 뜻이 크고 깊기에 모든 조종사는 이를 위안 삼아서 맹렬히 싸운다.

"모함에서 알린다. 제군들의 용기와 희생에 경의를 표한다. 적의 출현으로 모함은 전선에서 이탈한다. 그대들의 고귀한 희생을 우리는 영원히 기억하겠다. 그대들에게… 축복이 함께하기를."

인류에게 있어 공중전의 역사는 어쩜 오늘로써 끝일지도 모른다.

생산 기반 시설이 모조리 파괴당한 지금 여기 모인 전투기들이 인류가 가진 유일한 하늘의 흉기였다.

이제 이 하늘은 더 이상 인간의 것이 아니다.

"무사히 귀환하시기를."

"우린 이제 돌아갈 곳이 없다. 이 하늘이 우리의 관이다!"

되돌아갈 곳이 사라졌다.

두려움이 엄습하여 몸을 쥐고 흔든다.

이럴 줄 알았으면서도 흔들리는 것은 용기와는 별개의 생존을 향한 본능이다.

질끈.

"목표 절멸자 확인. 영상 전송 완료!"

"전 편대에 알린다. 절멸자 무리의 이목을 최대한 끈다. 결사대가 작전을 펼칠 수 있도록… 이상."

무리에서 절멸자 하나를 겨우 이탈시킨 전투기들이 일제히 기수를 돌린다.

절멸자 무리를 향해서.

조종사들의 희생을 딛고 서른여섯 명의 결사대가 그 모습을 드러낸다.

이들은 조종사들의 숭고한 뜻과 희생에 보답하기 위해서라도 이 기회를 절대 놓칠 수 없었다.

이 순간 결사대의 마음속에선 뜨겁고 강렬한 기운이 회오리치고 있었다.

"가랏!"

살만의 비장한 목소리가 무전기를 통해서 울려 퍼진다.

사전에 지시받은 대로 결사대원들이 조를 나누어 신속하게 움직인다.

츄리리릿!

무리에서 떨어진 채 방황하던 절멸자가 이들을 발견하고 공격했지만 여기에 당할 결사대가 아니었다.

결사대가 놈의 등짝에 내려서자 기다렸다는 듯 후이넘이 절멸자의 주머니 속에서 힘찬 봇물처럼 쏟아져 나왔다.

결사대와 후이넘의 치열한 전투의 시작이었다.

상황을 냉철하게 주시하던 살만이 기회를 포착하곤 대기 중이던 이들에게 전격적으로 지시한다.

"선우, 칼슨, 장, 클레흐, 가라! 너희의 손에 이번 작전의 성패가 달려 있음을 명심해라!"

크게 숨을 들이켬과 동시에 네 사람이 일제히 몸을 날린다.

동료들이 적의 이목을 끌어주는 동안 최대한 빨리 목표 지점으로 가야 하는 것이 이들의 주 임무였다.

현성은 동쪽으로 뛰어가고 있었다.

네 방향 중 가장 어려운 코스가 바로 그가 가는 곳이었다.

그의 실력을 인정했기에 살만이 가장 어려운 곳에 투입한 것이다.

'실패란 없다! 절대.'

절멸자의 촉수가 사방에서 가공할 파괴력을 담고선 맹렬한 속도로 날아들었다.

현성은 속도의 완급과 몸의 중심과 위치를 수시로 바꿔가면서 촉수를 피하는 한편 앞을 막아선 후이넘을 베어 넘겼다.

"에반, 여덟 시 방향을 지원하게!"

주의를 기울여 주변을 살피던 살만이 에반을 향해 황급히 소리쳤다.

에반이 즉시 조원들을 데리고 그 방향으로 쏜살같이 달려 나간다.

발목이 잡혔던 클레흐는 때마침 도착한 에반과 대원들의 도움으로 다시 목표 지점을 향해 뛰어갈 수 있었다.

지휘관은 전체를 보아야 하고, 통괄해야 한다.

그런 점에서 살만은 지휘관으로서의 자질을 충분히 갖추고 있었다.

"두 시 방향이다. 2조는 주력, 3조는 2조의 지원이다. 가라!"

현성이 달려 나간 방향으로 살만이 시선을 준다.

다른 세 방향으로 달려간 기수보다 안정적으로 그는 목표 지점에 근접해 가고 있었다.

그에겐 별다른 지원이 필요 없어 보였다.

현성이 맡은 지점은 다른 곳과 달리 가장 어려운 곳이었다.

본래 저곳은 두 명의 적광의 스킬러 나이트를 보내기로 되어 있었고, 두 개 조가 연계하여 엄호할 예정이었다.

하나 그 위험한 지역을 현성은 혼자서 너끈히 감당하고 있었다. 지구 최강의 스킬러 나이트라는 호칭에 손색이 없는 실력이었다.

'역시… 아찰라나타로군.'

살만의 내면에선 현성을 향한 감탄과 믿음이 더욱 커진다.

콰지직.

현성의 손에 쥐어진 조절 장치는 절멸자의 표피를 뚫고 들어가 단숨에 놈의 신경에 깊숙이 박혔다.

장치를 작동시키자 푸른 스파크와 함께 반탄력이 발생했다.

예상은 하고 있었지만 막상 당해 보니 몸을 지탱하기조차 벅찬 힘이었다.

쭈르르륵.

한참을 밀려간 현성은 자신을 노리고 달려드는 후이넘과 절멸자의 촉수 공격에 노출됐다. 신형을 재빨리 안정시킨 현성은 후이넘의 품으로 파고들었다.

그의 모습을 시야에서 놓친 후이넘이 방황한다.

반면 절멸자의 촉수는 현성의 위치를 정확하게 파악하고 있었다.

촉수는 아군인 후이넘의 안위에 상관없이 악착같이 현성을 죽이기 위해 움직였다.

이 때문에 상당수의 후이넘이 촉수에 의해 몸이 꿰뚫리고, 으스러져 죽음을 맞았다.

손 안 대고 코를 푼 현성은 보다 여유롭게 촉수를 상대할 수 있었다.

'좀 전보다 확실히 속도가 느려졌군.'

네 개의 목표 지점 중 한곳을 점령하자 촉수의 움직임이 느려졌다.

과학자들이 만든 기기에 대한 의구심이 이로써 완전히 그의 내면에서 해소됐다.

그러나 아직 안심하기에는 이르다.

상대하기 어렵지는 않지만 여전히 절멸자의 등짝에는 결사대보다 훨씬 많은 숫자의 후이넘이 있었고, 놈을 도와주는 촉수도 아직은 활발히 움직이고 있었다.

후이넘의 꼬리가 현성을 꿰뚫어 버리기 위해 날아들었다.

여기에 당할 현성이 아니다.

몸을 회전시켜 꼬리 공격을 피한 현성은 꼬리와 놈의 앞다리 두 개를 동시에 자르며 몸통을 향해 짓쳐들어왔다.

끄아아아아아!

후이넘의 몸 중심이 앞쪽으로 기울자 이를 예상했다는 듯이 현성은 놈의 목을 일검에 날려 버렸다.

서걱.

툭, 데구르르르.

그의 발치는 놈이 분출한 피로 흥건해졌다.

안 그래도 물컹거리고 미끈한 바닥은 이로 인해 더 미끄러워진다.

현성을 시작으로 칼슨, 장국정, 클레흐가 차례로 기기 부착에 성공한다.

절멸자의 촉수는 더 이상 결사대를 위협하지 못했다.

결사대의 가장 큰 걸림돌인 촉수가 멈추자 대원들은 등에 날개라도 단 호랑이처럼 맹렬한 기세로 후이넘을 몰아붙였다.

인류의 근심이자 재앙 덩어리인 후이넘은 적어도 이곳에선 약자에 불과했다.

"절멸자의 머리를 몬스터 게이트로 돌려라!"

살만이 황급히 소리쳤다.

조절 장치 조작법을 배운 네 명의 대원이 각자의 자리에서 서둘러 장치를 조작했다. 거대한 절멸자가 방향을 선회하여 몬스터 게이트로 움직인다.

두근두근.

결사대의 심장은 약속이라도 한 듯 일제히 뛰기 시작한다.

공간의 먼지가 되어 떠돌지, 아니면 무사히 저 게이트 너머의 세상에 도착할 수 있을지는 오직 하늘의 뜻에 달렸다.

"절멸자의 등 주머니로 속히 들어가라!"

살만이 소리치자 결사대는 자신과 가장 가까운 구멍 속으로 몸을 날렸다.

저 앞, 인류의 미래를 짓밟은 몬스터 게이트가 새파랗게 빛나고 있었다. 그 불길 속으로 결사대를 태운 절멸자는 마치 호수에 던져진 작은 조약돌처럼 삽시간에 빨려 들어가기 시작했다.

섬뜩한 괴성을 터뜨리며.

꾸아아아아아앙—!

*　　　*　　　*

"오랜만이네, 유 지부장."

"오랜만에 뵙습니다, 반델리오 신부님."

반델리오 신부는 오찬에게 매우 특별한 사람이다.

방황하던 그의 인생의 터닝 포인트가 되어준 사람이 바로 반델리오 신부였다.

"작전은 어찌 되었습니까?"

"모두의 희생이 헛되지 않았어. 이제 우리가 할 수 있는 일은 그들의 무사와 임무의 성공을 간절한 마음으로 기도하는 일이 전부네."

하나의 고비를 넘겼다는 말에 오찬은 안심할 수 있었다.

희망도 기회도 꿈꾸지 못한다면 그것이 어디 살아 있는 인간이라 할 수 있을까.

"내내 마음 졸였었는데 이제야 조금은 안심이 되는군요."

"나도 이제야 한시름 덜었네."

"한데 이 말씀을 해주시려고 부르신 건 아니시죠?"

기쁨도 잠시, 반델리오 신부가 굳이 이 말을 전해주기 위해 자신을 호출하지는 않았을 것이다.

결사대 임무의 성공 여부와 상관없이 각국은 자국민 보존에 힘쓰느라 눈코 뜰 새 없이 바쁜 실정이다.

대한민국의 최고 권력자인 오찬 역시 별반 다르지 않다.

반델리오 신부가 아닌 다른 사람이 호출했다면 오찬은 여기에 응하지 않았을 것이다.

"자네에게 넘겨줄 사람이 있다네."

"넘겨줄 사람이라니…! 무슨 말씀이십니까?"

"자네까지 속여서 미안하네만 당시엔 그게 최선이라고 난 믿었다네."

오찬의 표정은 더욱더 아리송하게 변했다.

속였다니, 그게 최선이었다니, 대체 이게 무슨 말일까.

"누굽니까?"

"차민연이란 여성을 내가 데리고 있네."

쿠웅!

오찬은 둔기로 뒤통수를 세게 얻어맞은 듯 한동안 표정과 머릿속을 정리할 수 없었다.

"진담이십니까?"

"미안하네."

오찬의 인상이 순간 사납게 일그러졌다. 반델리오 신부는 활활 타오르는 그의 두 눈을 피하지 않았다.

"자네까지 속인 점은 진심으로 미안하게 생각하네. 변명으로 들릴 수 있겠지만 이해해 주기 바라네. 사실 이번 임무에 결정적인 공을 세운 사람은 선우현성이란 남잘세. 살만이 입에 침이 마르도록 칭찬한 이유를 나도 이제야 믿게 되었네. 그래서 미안한 마음은 있지만 한편으론 다행이라는 생각도 한다네."

"하… 하하. 납치라니… 다른 사람도 아닌 신부님이 그 일에 관여했다니!"

솔직히 결사대에 가장 필요한 인물을 꼽으라면 오찬 역시 선우현성을 첫 번째로 꼽았을 것이다.

가끔은 정당한 절차와 개인의 의사를 무시해야만 하는 경우가 있다.

전체의 이익을 위해서, 전체의 행복을 위해서는 개인에게 희생을 강요할 수 있다.

공리주의에 입각한 오찬의 평소 지론이기도 하다.

하지만…

'그의 선택을 듣고 혹시나 싶었다. 조직이 이 일에 개입하지 않았을까 하는 의심을 하긴 했었다. 그래도 그 배후에 반델리오 신부가 있었으리라고는!'

사람에겐 누구나 '저 사람은 절대 이러지 않을 거야! 다른 사람은 몰라도 그는 믿어도 될 거야!'라고 말할 수 있을 정도의 전폭적인 신뢰를 보일 만한 사람이 한둘쯤은 있게 마련이다.

오찬에게는 반델리오 신부가 바로 그런 사람이었다.

'세상이 거짓과 위선으로 가득 차더라도 단 한 사람만은 절대 이에 물들지 않을 거야'라고 믿고 싶은 사람 말이다.

오찬은 자신의 마음속에서 소중한 무엇인가가 한 번에 쑥 빠져나간 듯했다.

"자네의 신뢰에 보답하지 못해서 미안하네. 이건 내 진심이네."

"그녀를 데려가겠습니다. 그리고 이번 일은 돌아올 그의 손에 맡기겠습니다. 만약 조직이 당신을 보호하려 한다면… 그땐 저와 한국 지부는 그를 도와 조직과 맞설 겁니다. 무모한 전쟁일지라도."

오찬은 자신을 키워준 조직을 향해 선전포고를 날렸다.

까놓고 말해서 현재의 조직은 거의 와해된 상태였다.

겨우 중재자로서의 권한만 남아 있을 뿐이다.

"그럴 일은 없을 걸세. 그가 돌아온다면 난 기쁘게 이 목을 그에게 줄 테니까. 잘 가게, 유 지부장. 이것이 자네와 나의 마지막일지도 모르겠군."

'그럴 겁니다, 반델리오 신부.'

*　　　*　　　*

몬스터 게이트를 통과하는 일은 마치 거대한 강물 속에 몸과 영혼이 맡겨진 것과 같았다.

여느 강물과 달리 이 강물은 피처럼 붉고 끈적끈적했으며

이 속에 존재하는 것들은 놀랍게도 고통에 울부짖는 처참한
인간들이었다.

그들의 육신은 피의 강물에 녹아 그 형체를 알아볼 수 없었다.

그럼에도 저들을 인간이라 부를 수 있는 이유는 단 하나였다.

[살려줘!]

[꺼내줘. 여기서 꺼내줘!]

[아아아악.]

[엄마, 흑흑.]

[…날 차라리… 죽여줘.]

물방울이 모여 강이 되듯 인간의 영혼 하나하나가 이 거대
한 강을 구성하고 있었다.

이들의 울부짖음이 물이 흐르는 소리를 대신했다.

[저기… 인간이야! 살아 있는 인간이야!]

[내 손을 잡아줘요. 날 꺼내줘요!]

[아아아아악!]

[왜! 너희만 육신을 갖고 있는 거야. 왜 살아 있는 거야!]

[그 몸을 줘. 그 몸을 내게 줘. 잠깐이면 돼. 잠깐만… 잠깐
만 그 속에서 쉬게 해줘. 괴로워! 괴롭단 말이야!]

그들의 소리는 공기처럼 결사대의 몸속 깊디깊은 곳까지 들
어와서 이들의 뿌리―영혼―까지 세차게 흔들었다.

사명감에 불타오르던 결사대의 견고한 의지는 영혼이 내지
르고 있는 고통과 악의에 가득 찬 아우성에 부딪쳐 모래성처
럼 무너졌다.

눈물을 흘리는 자.

두려움에 고개를 파묻는 자.

제 귀를 뜯어버리려는 자.

벽에 머리를 세차게 박아대는 자.

악을 써대는 자.

거대한 붉은 강줄기는 끝이 없는 것 같았다.

세계와 세계의 다리가 된 저 거대한 피의 강줄기에 흡수되어 어느 순간 비명을 질러대는 저 무리의 일부가 될 것만 같았다.

굳건하고 숭고한 결의도, 불타는 사명감도 이곳에서는 눈 녹듯 녹게 만들었다.

"이, 이 끔찍한 곳은 대체……!"

끊임없이 들려오는 고통 받는 영혼의 아우성은 현성에게도 이 순간은 둔중하게 와 닿고 있었다.

후들후들.

심리적인 충격 앞에서 무릎과 허리조차 꼿꼿하게 펼 수가 없었다.

그는 대원들을 돌아보았다.

정신적인 충격이 그 몸에까지 영향을 미치고 있었다.

코, 입, 귀, 눈에서 그들은 피를 흘린다.

그 피가 날아올라 거대한 피의 강줄기로 유입되고 있었다.

그들의 육신이 점점 무너져 간다.

창백한 얼굴, 일그러진 표정은 사방을 가득 채우고 흐르는 영혼의 모습을 닮아간다.

이대로는 안 된다.

방법을 찾아야 하지만 제 한 몸 간수하기도 힘겹다.

지독한 이곳에서 빨리 탈출해야 한다.

어디로? 사방을 돌아보아도 빠져나갈 구멍이 없다.

절멸자의 몸 밖으로 몸을 내던지는 그 순간 저 끔찍한 악순환의 고리에서 영원히 빠져나갈 수 없으리라.

넋이 빠진 표정으로 누군가 밖으로 몸을 던지려고 한다.

악귀에 씌인 사람처럼 그는 헛소릴 지껄인다.

중얼중얼.

현성은 넋이 나간 표정으로 밖으로 나가려는 이 남자를 저지하기 위해 급히 몸을 날렸다.

가까이 가 보니 이 남자는 누군가의 이름을 끊임없이 애절하게 부르며 울고 있었다.

'의식이 없는 편이 나을지도.'

퍼억.

현성은 남자를 기절시켰다.

이 현상은 비단 이 남자에게서만 나타나는 게 아니었다.

다른 이들에게서도 나타나고 있었다.

그나마 멀쩡하게 움직이는 인물은 선우현성, 그밖에 없었다.

온몸에 힘을 불어넣은 현성은 밖으로 나가려는 자들을 일일이 때려눕혔다.

이쯤에서 끝이면 좋으련만 이제 괜찮겠지라는 생각을 비웃기라도 하듯 의식이 없는 자들이 하나둘 일어나더니 좀 전과 같은 위험한 행동을 했다.

의식을 끊어 움직임을 봉쇄하는 것도 임시방편에 지나지 않았다.

이러니 좀 더 강력한 수단을 사용할 수밖에 없었다.

가방에서 와이어를 꺼낸 현성은 대원들의 팔과 손을 묶어서 움직이지 못하도록 만들었다.

손발이 묶인 자들이 애벌레처럼 기어가고 있었다.

어쩔 수 없이 이들의 몸을 안쪽으로 질질 끌고 들어와서 기둥에 묶었다.

'산 하나를 지고 움직이는 기분이구나.'

절멸자의 등껍질 주머니는 여러 개의 입구를 갖고 있었지만 내부는 연결된 구조다.

현성 역시 괴로운 상태였지만 제 몸의 안위만 돌볼 수는 없었다.

타닥타닥.

현성은 어금니를 악물며 대원들을 찾아서 뛰어다녔다.

'우린… 지옥을 찾아가고 있는 것인가?'

이 생각을 머릿속에서 지울 수 없다.

그리고 이러한 생각은 그의 움직임을 점점 둔화시켰다.

결사대 대원 서른다섯 명. 이들을 전원 결박한 다음에야 현성은 쉴 수 있었다.

아니, 자신과의 사투에 전력을 다해 대항할 수 있었다.

몹시 길고 고통스러운 고독한 싸움을 그는 홀로 치른다.

"크아아아아아아—!"

　　　　*　　　　*　　　　*

끝이 없을 것만 같았던 피의 강줄기도 그 끝이 보이기 시작
했다.

가스층처럼 형성된 섬광 속으로 절멸자가 들어가면서부터
였다.

빛이 닿자 피부가 녹아버릴 듯이 뜨거웠다. 흡사 절구의 곡
식처럼 온몸이 빻아지는 것 같기도 했다.

너무 놀라서 입을 벌려 소리쳐 보려 했지만 강렬한 빛은 숨
통이 되어줄 것만 같던 목소리마저 게걸스레 먹어치워 막아버
린다.

그래서 이 순간이 더 두렵고 막막해 온다.

차라리 의식이 없다면 좋으련만… 이 순간 기둥에 묶인 채
기절한 자들이 부럽기만 한 현성이었다.

'또 다른… 악재가?'

심약한 자라면 벌써 자살을 해도 수백 번은 더 했을 것이다.

자신과의 싸움에서 조금이라도 밀렸다면 곧장 혀를 깨물었
을 것이다.

하지만 현성은 심약하지도 않았고, 자신과의 싸움에서 밀리
지도 않았다.

꿋꿋한 부동심으로 그는 견뎌내고 있었다.

현성은 마치 세계가 자신을 적대시하는 듯 느꼈다.

작은 움직임에도 온몸의 세포가 단말마를 내지른다.

그 비명은 머리카락 끝에서부터 다듬지 않은 발톱 끝까지 잔인하게 관통한다.

이 섬광 너머에 무엇이 있을지 알 수 없다.

모든 것들이 모호한 이 순간에도 확실한 하나가 있다.

'나는 돌아가야 한다!'

털썩.

굳건하게 버티던 현성의 육신은 마치 빨랫줄에서 떨어진 빨래처럼 주저앉아 뭉그러졌고, 의식이 난도질당했다.

섬광 속에서 그의 육신은 작은 입자가 되어 흩어져 버린다.

강렬한 섬광과 함께 모두가 다 그렇게…


*　　　*　　　*


쏴아아아악.

휘류류류릉.

몸에 착 달라붙는 검은 옷을 입은 남자가 비 오는 초원에 쓰러져 있었다.

기절한 남자 위로 여덟 개의 꼬리를 가진 커다란 새가 작고 귀여운 소릴 내며 주변을 맴돌았다.

주변을 살피던 새는 호기심 때문인지, 아니면 사냥이 목적인지 남자의 주변을 맴돌다 어떤 기척에 놀라 다시 상공으로 몸을 띄웠다.

슥슥슥슥.

특이한 생김새의 새를 놀라게 한 것은 흉포하게 생긴 황소처럼 덩치 큰 짐승들로, 놈들은 강력한 턱과 날카로운 발톱과 질기고 두꺼운 피부를 갖고 있었다.

어린아이 키 높이의 풀숲을 가르며 놈들은 남자를 향해 곧장 접근했다.

자신을 향해 위험이 접근했지만 남자는 미동조차 하지 않았다. 의식이 없는 게 아니라 이미 죽은 것일까? 그러나 시체라면 응당 없어야 할 흐름이 이 남자에게는 분명하게 존재하고 있었다.

심장박동과 호흡이 바로 그것이었다.

짐승들은 남자를 곧장 덮치지 않았다.

무리에서 가장 작은 놈이 죽은 듯 엎어져 있는 남자를 향해 다가간다. 앞발로 남자를 툭툭 치던 놈이 별 이상이 없자 입을 쩍 벌렸다.

짐승의 이빨이 남자의 몸을 파고들기 직전이었다.

빠각!

케에에엥!

돌멩이 하나가 날아와서 짐승의 이마를 부술 듯 때린다.

놀란 짐승이 뒤로 물러나서 안광을 빛내며 으르렁거린다.

짐승들의 흉흉한 시선이 창끝처럼 한 방향으로 움직인다.

질척이는 지면을 밟으며 한 남자가 짐승들 앞에 그 모습을 드러냈다.

쓰러진 남자와 같은 복장의 남자였다.

외견상 두 사람의 차이는 피부색과 머리카락뿐이다.

엎어진 남자를 살피던 남자가 고개를 들어 자신을 노려보고 있는 짐승들을 본다.

주춧돌처럼 튼튼하고 안정된 눈빛에 다소 굳은 표정으로.

커헝커헝!

쿠아아아아앙!

때마침 현장에 등장한 남자는 선우현성이었다.

섬광 속에서 분해되었던 그가 지금 멀쩡한 모습으로 살아 있었다.

그를 만만히 여긴 짐승들이 이빨을 드러내며 빠른 속도로 달려들었다. 후이넘과 비교하면 저 짐승들은 작은 애완견에 지나지 않는다.

'하룻강아지 따위가!'

자광검을 뽑아낸 현성은 그 자리에서 단 한 발자국도 움직이지 않고 검을 사방으로 그었다.

그의 정면을 노리던 짐승의 머리통이 좌우로 쫙 갈라지더니…

케엥ㅡ!

놈의 사체가 젖은 바닥에 떨어지기도 전에 다른 짐승이 그의 검에 목이 날아간다.

컹!

두 마리의 짐승을 순식간에 해치운 현성에게선 조금의 미동
조차 보이지 않았다.

크게 놀란 짐승들이 뒤도 돌아보지 않고 곧장 내뺀다.

사람으로 따지면 분명 벽에 똥칠할 때까지 가늘고 길게 살
아남을 놈들이 분명하다.

"후우."

짐승들을 쫓아버린 현성은 엎어진 남자의 몸을 바로 눕힌
다음 그의 상태를 살폈다.

맥박과 호흡이 약할 뿐 외관상 다친 곳은 보이지 않았다.

안도의 한숨을 불어낸 현성은 남자를 어깨에 들쳐 메고 빗
속을 뚫고 사라져 버렸다.

쏴아아아아악.


*　　　*　　　*


바위 동굴 안에서 하얀 연기와 함께 불그스름한 빛이 흘러
나온다.

얼마 전까지 이 동굴은 이 일대에서 가장 난폭한 짐승의 거
처였다.

이 짐승의 머리는 놀랍게도 세 개였고, 덩치는 황소 두 마리
를 합쳐 놓은 것보다 컸다.

하나 그 강대한 짐승도 한 인간에게는 속절없이 당하고 말
았다.

선우현성이란 무지막지한 남자에게 놈은 머리 세 개를 내주고, 제 보금자리도 내준 뒤 바닥 깔개가 되었다.

"어떻게 된 거지? 여긴 어디야?"

모닥불 너머의 남자는 혼란한 표정으로 현성에게 말했다.

현성은 남자의 말을 알아듣지 못했다.

언어의 장벽이 두 사람 사이에 존재하고 있었기 때문이다.

동굴 밖 세상에 비를 뿌리고 있는 하늘을 보라. 지구인의 상식으로는 도저히 이해할 수 없는 현상이 그곳에서 벌어지고 있었다.

비를 머금은 구름은 짙은 회색이거나, 아니면 검다.

이것이 지구인이 경험을 통해 알고 있는 그들의 상식이다.

한데 저 밖의 비구름은 놀랍게도 찬란하게 빛나는 금색이었다.

쿠르르릉… 번쩍!

"제길!"

동굴 밖 하늘을 보게 된 남자는 제 머리를 쥐어짜며 고개를 푹 떨어뜨린다.

이 남자 역시 굳은 사명감을 갖고 결사대에 참가했다.

하지만 이처럼 동료들과 뿔뿔이 흩어져 버릴 것이라고는 생각하지 않았다.

그나마 눈앞의 동료가 있어 다행이긴 했다.

말이 통하지 않아 답답하다지만 없는 것보다는 안심이다.

남자는 몸짓으로 현성에게 자신의 뜻을 전한다.

"다른 대원들은?"

다행하게도 남자의 몸짓을 현성은 알아보았다.

현성은 고개를 내저었다.

동료들의 소식을 듣지 못했으나 일단 몸짓이 그에게 통한다는 사실에 남자는 안도의 한숨을 내쉬었다.

"그럼 우리 둘뿐인가?"

끄덕끄덕.

"젠장!"

두 눈을 질끈 감은 남자는 주먹으로 바닥을 내려쳤다.

단단한 바닥이 남자의 주먹질을 견디지 못하고 부서져서 날렸다.

흠칫.

남자는 자신의 주먹과 바닥을 번갈아 보며 놀라워했다.

그는 이 현상이 믿어지지 않는 눈치였다.

한 번 더 실험한 남자는 자신의 신체가 더욱 강해져 있음을 깨달았다.

"너도 그래?"

이계의 환경이 인간의 신체에 악영향은커녕 오히려 도움을 주고 있다.

불행 중 다행이라 할 만한 상황이었다.

현성은 상대의 의도를 알아차린 듯 고개를 끄덕여 주었다.

"아!"

쏴아아아악.

다리를 그러모은 남자는 자신의 생각을 정리하기 시작했다.

일단 동료들을 찾은 뒤 그들과 함께 임무를 완수해야 한다.

지구에 남아 있는 소중한 사람들의 미래를 위해서라도.

'반드시 성공해야 해!'

남자는 황급히 허리띠 가방을 찾아서 뒤지기 시작했다.

가방에서 물건을 꺼내 든 남자의 얼굴 위로 안도감이 느껴진다.

그러나 그 기대는 곧 실망으로 바뀌었다.

그리고 그는 동굴 한쪽에 자신이 쥔 것과 동일한 제품의 전자 기기가 쓰레기처럼 내팽개쳐져 있음을 발견한다.

남자는 어렵지 않게 상황을 유추할 수 있었다.

"네 것도 작동되지 않아?"

혹시나 싶은 마음에 남자는 현성에게 확인했다.

끄덕끄덕.

다른 기기도 그런가 싶어 남자는 다 꺼내어 꼼꼼하게 살펴봤지만 모두 먹통이었다.

배터리가 방전되었나 싶어 예비 배터리를 꺼내어 갈아보아도 단 하나의 기기도 작동하지 않았다.

낙담한 얼굴로 남자가 한숨을 크게 내쉰다.

"정말이지 갑갑하고 답답한 처지군."

동료를 찾기 위해 전인미답의 세계를 두 다리로 돌아다녀야 한다.

생각만 해도 벌써 머리에서 쥐가 난다.

그나마 혼자가 아니라는 생각에 남자는 힘을 낸다.

남자의 태도와 행동에서 현성은 얼마 전의 자신을 보는 것 같았다.

현성이 이곳에서 생활한 지 오늘로 사흘째다.

'사흘간 의식을 잃고 있지는 않았을 거야. 그렇다면 시간의 왜곡 현상이 일어난 것인가.'

결사대 대원 전원은 한날한시에 이 세계에 떨어지지 않았다.

현성은 저 남자를 통해서 이를 확실히 알 수 있었다.

그렇다면 다른 이들은 어떤 시간대에, 혹은 장소에서 나타날지 예측할 수 없다.

심란한 심정으로 자리에서 일어선 현성이 동굴 입구로 걸어가서 멈춘다.

이에 남자는 영문을 몰라 하다가 곧 그와 보조를 맞춘다.

현성은 저 남자를 모르고 있었지만 현성은 결사대 사이에서도 이미 유명한 인물이기에 남자는 그에 대해서 알고 있었다.

남자, 아니, 프레드는 자신이 출발부터 좋은 편이 아닐까 하는 생각을 했다.

일단 사지육신 멀쩡한 데다 결사대 최강의 강자와 함께 있다.

"…사람?!"

프레드의 두 눈이 놀라움과 반가움으로 동그래진다.

두 사람이 바라보는 전방.

짐승의 가죽과 새의 깃털로 만든 특이한 복장에 등에는 큼직한 원형 방패를 지고 있었다.

현성이 상대를 관찰하듯 이들 남녀도 그와 프레드를 살펴보았다.

눈빛이 면도날처럼 매서운 덩치 큰 남자, 그리고 여자는 늘씬한 체형의 미녀로 남녀의 겉모습은 동양인보다는 서양인에 가까웠다.

여자가 덩치의 남자를 뒤로하더니 천천히 앞으로 걸어 나왔다. 공격 의사가 없다는 듯 여자는 양 손바닥을 앞으로 내보였다. 현성도 여자를 마주 보며 걸어 나갔다.

남녀는 적당한 거리를 유지하고서 멈추었다.

여자가 손을 꼿꼿이 세우더니 두 눈을 내리감았다.

현성은 여자의 행동을 유심히 관찰했다.

되도록 저들 남녀와 싸우고 싶지 않은 게 그의 솔직한 심정이었다.

'저들은 분명 인간이다. 그럼 이곳은 후이넘의 세계가 아닐 수도.'

현성은 이렇게 생각했다.

그가 잠시 한눈을 판 사이에 여자의 손이 돌연 빛나기 시작했다.

이를 본 현성의 눈매는 의문으로 가늘어진다.

그가 선뜻 행동하지 않는 데에는 상대에게서 적의가 느껴지지 않았기 때문이다.

빛나는 그 손을 앞세운 여자가 현성을 향해 한발 한발 걸어간다.

"조심해!"

프레드가 황급히 뛰쳐나오려 하자 현성이 손을 들어 그를 제지했다.

싸움은 당장이 아니더라도 얼마든지, 그리고 아주 지겹게 할 수 있지만 대화는 서로에게 악감정이 생긴 상태에서는 하기 힘들다.

더욱이 상대에게서는 적의가 보이지 않았다.

문제는 언어 장벽이다.

빛나는 손을 앞세우고 걸어온 여자가 그 손을 현성의 미간에 가져간다.

'뭘 하려는 거지?'

여차하면 즉시 베어버릴 만반의 준비를 하면서 현성은 여자의 행동을 지켜보았다.

여자의 손과 현성의 미간이 접촉한다.

그 순간 놀랍게도 여자의 손을 감싸던 빛이 현성의 미간 속으로 순식간에 빨려 들어가 버렸다.

휘청.

현성이 휘청거리자 그가 공격을 받아 이러는 것으로 오해한 프레드가 소리치며 달려 나왔다.

여자는 지면을 가볍게 툭 친 힘을 이용하여 제 동료가 있는 곳까지 단숨에 후퇴했다.

예사롭지 않은 움직임이었다.

현성을 부축한 프레드는 단단히 오해한 표정으로 남녀를 쏘아본다.

"이봐, 괜찮아? 제길, 말이 안 통……."

자신의 말을 현성이 알아듣지 못한다는 점을 상기한 프레드가 한숨 쉰다.

프레드의 목소리를 들은 현성은 머릿속이 출렁이는 느낌을 받았다.

그 움직임은 놀랍게도…

"다시 한 번 말해봐라. 다시!"

프레드는 몹시 놀란 표정으로 현성을 보았다.

그가 방금 자신이 알아들을 수 있는 언어로 말했기 때문이었다.

"방, 방금 뭐라고 했어? 네가 내게 말한 거야?"

"으음… 이게 어찌 된 영문이지?"

당황하긴 현성 역시 마찬가지다.

"저, 정말 내 말 알아… 아니, 나도 네 말을 알아듣고 네 말도 내가 알아듣는! 저 여자가 네게 무슨 짓을 한 거지?"

횡설수설하던 프레드를 현성이 그의 어깨를 힘주어 꽉 붙잡으며 진정시켰다.

"그런 것 같다."

"세상에 이런 일이."

참으로 놀라운 일이다.

이런 능력이 대중화된 상황이라면 이 세계에서는 언어 장벽이란 단어 자체가 아예 없을 것이다.

현성과 프레드는 자신들을 관찰하듯 바라보는 여자에게로 고개를 돌린다.

　여자가 다시 앞으로 걸어 나와선…

　"이계의 기사여, 나의 말을 알아들을 수 있습니까?"

　여자의 언어는 현성의 뇌로 직접 전달됐다.

　프레드가 들었던 현성의 언어, 프레드가 현성에게 했던 언어 역시 이러한 방식으로 전달이 이루어졌다.

　두 사람은 너무 놀란 나머지 미처 이를 인식하지 못했다가 이계의 여인을 통해서 그제야 이 사실을 알아차렸다.

　쏴아아아악.

　이들의 머리 위로 금색의 구름이 쉼 없이 굵은 빗줄기를 뿌린다.

　더 이상 놀랍지 않은 이 세계의 먹구름(?)이다.

　쿠르르르릉.

　번쩍!

<br>

*　　　*　　　*

<br>

　바벨 성.

　현성에게 언어의 능력을 심어준 이계의 여인, 율라는 현성과 프레드를 그들의 성으로 안내했다.

　처음 이 성을 보았을 때의 현성과 프레드는 충격으로 한동안 제자리에서 발을 뗄 수조차 없었다.

건축에 문외한인 눈으로 보았음에도 이들의 건축물은 보는 이의 감동을 자아내게 하는 신비로운 마력이 있었다.

그리고 또 하나의 충격적인 사실은 이곳 사람들의 특별한 교통수단이다.

"애, 애들도 타고 있잖아?! 스케이트보드도 아니고… 헐."

두 눈을 동그랗게 뜨며 하늘을 올려다보는 프레드의 입은 벌려져 다물 줄 몰랐다.

현성 역시 놀라긴 마찬가지였다. 다만 표현에 있어서 인색하다 보니 이 점이 잘 드러나지 않을 뿐이다.

두 사람을 놀라도록 만든 이곳 사람들의 특별한 교통수단은 원형 방패였다.

사람들은 남녀노소 할 것 없이 그 원형 비행 방패를 타고 날아다녔다.

"율라 님, 어서 오십시오."

군인으로 보이는 십여 명의 남녀를 대동한 남자가 원형 방패를 타고 이들 앞으로 내려선다.

저들 한 명 한 명이 예사롭지 않은 분위기를 갖고 있었다.

이에 반해 율라의 분위기는 학자 타입이었다.

자고로 겉으로 유해 보이는 자가 실은 그 내실이 단단하고 꽉 찬 법이다.

"쟈그, 별일 없었나요?"

"예."

율라의 표정은 꼭 별일이 있었기를 바라는 눈치였다.

현성은 자신이 착각한 것이라 생각했다.

"저들입니까, 율라 님? 그는 누굽니까. 혹시 예언의 기사분이?"

현성과 프레드를 향한 쟈그와 군인들의 두 눈이 기대감으로 뜨겁게 불타오른다.

하늘을 날아다니는 자들, 지면을 걷는 자들이 모두 멈춰서 현성과 프레드를 구경하며 속닥거렸다. 이에 두 사람은 자신들이 마치 동물원 원숭이가 된 기분이다.

"심원의 나무께서 예언하신 이계에서 넘어온 기산가 봐! 한 사람은 우리랑 비슷하게 생겼는데 다른 한 사람은 꽤나 사납게 생겼어. 저거… 가면 아닐까?"

"저게 가면이면 대박이다."

"흠, 체격은 우리보다 작고 그리 강해 보이지도 않고. 비주얼은 좀 그렇다, 얘."

"율라 님이 데려왔잖아. 저분이 어디 일을 허투루 하는 분인가. 분명 심원의 나무께서 예언한 기사일 거야. 그러니 겉모습으로 판단하면 결코 안 돼. 그런데 둘 중 누가 예언의 기살까?"

"그보다 이제 악신을 없앨 수 있게 된 건가?"

"그랬으면 좋겠는데."

"그런데 저 사람들 복장 말이야. 기사의 갑옷치곤 너무 야하지 않아? 몸매가 다 드러나잖아. 덕분에 인간인 것을 쉽게 알아볼 수 있지만. 흐음."

"그러게. 옷이 참 많이 야하네. 킥킥."

웅성웅성.

기대와 염려, 평가와 농담이 뒤섞인 사람들의 속닥임을 현성은 하나도 놓치지 않았다.

이 세계에 대한 지식이 전무한 그의 입장에서는 사람들이 생각 없이 내뱉는 말도 귀중한 정보였다.

'심원의 나무라.'

나무 따위가 인간의 지도자로 대우받는다? 이런 허무맹랑한 이야기를 믿을 지구인은 아마 없을 것이다.

그렇다면 저 사람들이 공경하는 자는 이곳에서 가장 높은 지위를 갖고 있는 인물의 호칭 같은 게 아닐까.

이리 추측한 현성은 청각을 더 돋워 사람들의 목소리에 더욱더 귀를 기울였다.

자신의 외모를 지적하는 소리는 그리 듣기 좋은 편이 아니었지만 여기에 부화뇌동할 그가 아니다.

"심원의 나무께서 확인하실 일이지."

율라의 대답에 쟈그는 기대감을 드러내며 이들을 성의 중심으로 인도했다.

이계의 기사가 등장했다는 소식을 듣고 사람들이 구름 떼처럼 모여들었다.

이들을 통제하느라 성의 병사들과 사람들 사이에 실랑이가 오갔는데, 여기나 저기나 인간의 호기심처럼 왕성한 것은 없다.

그리고 무엇보다 지금의 이 분위기를 통해서 현성은 이들의 사회가 억압적이지 않음을 알 수 있었다.

성주관, 귀빈실.

"놀랍지 않아? 현성."

긴장이 풀린 프레드가 소파에 주저앉으며 말했다. 창가 턱에 걸쳐 앉아 바깥 상황을 살펴보던 현성이 천천히 고개를 돌렸다.

"지하도 아니고 지상에 도시를 갖고 있는 게 이상하지 않나? 이곳이 후이넘이 넘어온 본류라면 있을 수 없는 일일 텐데."

"듣고 보니 그러네. 그럼 뭐야! 이곳이 우리의 목적지가 아닐 수도 있다는 말이 되는 거네. 곤란한 일인데······."

프레드의 표정에서 걱정과 우려가 드러났다.

다른 대원들도 그렇겠지만 프레드 역시 죽기를 각오하고 결사대에 참가한 인물이다.

한데 엉뚱한 세계에 떨어졌을지도 모른다니.

"아니."

"아니라니··· 그게 무슨 말이야?"

"사람들이 떠드는 소릴 들었다. 악신, 그리고 예언된 기사. 저들은 그 기사가 우리일지 모른다고 기대하더군."

끔뻑끔뻑.

"그럼 방금 네 말은 뭐야?"

"지구에 없는 어떤 힘이 이곳 사람들을 지키는 게 아닐까 하는 생각을 했을 뿐이야."

"어떤 힘? 스킬러 능력이나 광검 같은 거 말이야? 하긴 그 여자가 네게 한 짓(?)을 생각하면 그럴 수도 있겠네. 아니, 그런데 그런 사람들이 왜 예언의 기사를 기다린다는 거야? 지들끼리 처리하면 되잖아?"

이해할 수 없다는 표정으로 프레드가 되묻자 현성이 살짝 고개를 내저으며…

"이유가 있겠지."

"궁금증만 실컷 유발해 놓고 뺀다 이거지? 그보다 정신없는 와중에도 용케 사람들이 떠드는 소릴 들었네."

"빈털터리에겐 보잘것없는 지푸라기도 귀중할 수 있으니까."

"캬아… 너, 참 대단하다. 아무튼 좀 더 지켜보면 무슨 일인지 알게 되겠지. 그보다 이 방, 끝내주네."

혼란스럽고 어수선한 상황에서도 냉정하게 주변을 관찰했다는 현성의 대꾸에 프레드는 내심 놀라움을 금치 못했다.

그리고 이 점이 프레드에게 현성이 신뢰할 수 있는 녀석이란 감정을 크게 불어넣었다.

"그런데 말이야. 우리가 저들이 기다리던 그 예언의 기사가 아니면… 이 환대가 삽시간에 멸시나 위협으로 바뀌지 않을까?"

"그건 그때 가서 생각할 문제지."

"뭐, 우리가 우리 입으로 우린 예언의 기사다! 하고 말한 건 아니니까. 뭐, 저들이 우릴 데려왔지 우리가 제 발로 찾아온 것도 아니잖아. 일이 잘못돼도 우리 잘못은 없지. 만약에 그걸로 우릴 핍박하려 든다면 결사대의 근성과 실력을 보여주자고. 하하하."

그런 일이 되도록 없기를 현성은 바랐다.

하지만 프레드의 말처럼 그런 상황이 닥친다면…

'피곤한 상황이 되겠군.'

"참, 현성."

"……?"

"사람들 말과 달리 너, 되게 말 잘하네."

"내가?"

그러고 보니 프레드의 질문에 조곤조곤 잘 받아서 대꾸하고 있지 않은가.

'나도 긴장한 건가?'

지금 이 시점에 이게 무슨 대수일까.

사소한 부분이니 그냥 넘어가는 현성이다.

"군중은 쓸데없이 떠들길 좋아하잖아? 그러니 그걸 근거로 삼기에는 좀 부족하지 않을까?"

"그럴 수도."

타인에게서 자기 생각을 반박당할 시 대부분의 사람은 이에 반발심을 느껴 자기주장에 억지를 더하거나, 아니면 화를 버럭 낸다.

남녀노소를 가리지 않고 그런 경우를 흔히 볼 수 있다.

한데 프레드가 느낀 현성은 그런 일반적인 인간들과는 생각하는 방식이 남다른 것 같았다.

현성을 빤히 응시하다 고개를 돌려 버린 프레드의 머릿속은 여전히 복잡하다.

기대가 빛이라면 실망은 그늘이다.

빛이 밝을수록 그늘도 짙은 법이라 하지 않던가.

자신들을 향한 이곳 사람들의 관심의 배경은 그들이 기다리던 예언의 기사와 결부된 것이다.

만약 저들의 기대를 자신들이 충족시키지 못한다면… 그럼 최악의 경우를 대비하여 대책을 수립해야 하지 않을까.

어떻게?

벅벅.

"그보다 앞으로 정말 어떻게 할 생각이야?"

"…딱히."

"뭐?"

"딱히 생각해 둔 건 없다고."

"정말 조금도 생각하지 않고 있는 거야?"

황당한 얼굴로 자신을 빤히 응시하는 프레드를 향해 현성은 고갯짓으로 '정말이다!'라는 느낌을 전한 뒤 다시 창밖으로 고개를 돌린다.

"그럼 머리를 맞대고 앞으로의 일을 심도 깊게 상의하자고."

"상황의 추세를 봐가면서 해도 늦지 않을 것 같은데."

"계획이란 미리미리 짜놓는 거잖아. 그래야 일이 터졌을 때 당황하지 않고 차분하게, 재빨리 대처할 수 있지."

프레드는 자신의 말에 감동한 듯 양 볼을 크게 씰룩인다.

사실 프레드는 생각하고 계획하는 따위의 일에는 영 소질이 없었다.

그리고 그런 것을 굉장히 싫어하는 타입이다.

한마디로 그때그때 상황에 따라서 행동하는 즉흥적인 인물이다.

"천천히."

"느긋하네. 참, 너도 이교도의 예언은 알고 있지?"


…그의 이름은 날개를 가진 뱀, 케찰코아틀루스…

그는 종말을 뿌리는 왕.

그의 충성스러운 천사들이 길을 내어 그 왕을 영접하리라.

왕은 세계와 세계를 끝없이 전전하며 문명을 거두는 냉혹한 농부.

탐욕을 버리지 못한 우리의 미래는 필연적으로 그와 조우하며 끝없는 성전 아래서 후회와 눈물과 피로써 처참한 영멸을 맞으리라.


참으로 유쾌하지 못한 예언이 아닌가.

"응."

"이곳 사람들이 말했다는 그 악신이 혹시 케찰코아틀루스가 아닐까?"

"그럴 수도."

현성의 대답은 프레드에게 무성의하게 들렸다.

그래서 뭔가 한마디 하려고 자리에서까지 벌떡 일어섰는데 들려온 노크 소리에 그 말을 잇지 못했다.

두 사람을 이곳까지 안내한 율라가 실내로 들어온다.

"심원의 나무께서 두 분을 청하십니다. 절 따라오세요."

별다른 내색이 없던 현성의 얼굴에서 처음으로 이채가 스쳐 지나간다.

앞으로의 행동을 결정한 지침이 될 만남이기 때문이다.

"심원의 나무요?"

"예, 프레드 기사님."

율라의 호칭에 처음으로 프레드는 부담스럽기 시작했다.

저 여자도 군중들처럼 자신들을 예언의 기사로 철석같이 믿고 있는 게 아닐까? 그렇다면 지금이라도 잘못된 생각을 바로 잡아야 하지 않을까.

"잠시만요, 율라 씨. 묻고 싶은 게 있습니다."

"예."

"악신의 이름이 뭔가요?"

프레드는 악신과 케찰코아틀루스가 동일인인지 우선 그것부터 확인하기로 마음먹었다.

상대해야 할 적이 동일하다면 저들의 기대에 못 미치더라도 최소한 버려지는 수모는 면할 수 있기 때문이다.

"증오의 신 케찰코아틀루스입니다, 프레드 기사님."

"아!"

난관 하나를 무사히 통과한 기분이 들자 프레드는 안도의 탄성을 터뜨렸다.

현성 역시 차분하게 두 눈을 반짝인다.

"안내하겠습니다, 두 분."

                    *          *          *

　이음새 하나 찾아볼 수 없는 청색의 복도를 따라 쭉 걷는다.

　놀라운 구조가 아닐 수 없었다.

　하나 하늘을 나는 원형 방패를 보았기에 건축 공법이 신기하긴 했지만 화들짝 놀랄 정도는 아니다.

　아직까지 하늘을 나는 방패가 두 사람에게 던져준 충격이 여전히 크게 남아 있기 때문이다.

　저벅저벅.

　왼쪽 벽면엔 서사시를 그림으로 표현한 벽화가 쭉 그려져 있었다. 오른쪽 벽면엔 징검다리처럼 거대한 아치형 창문이 햇살을 통과시켰다.

　이 자연광이 청색의 복도와 벽화에 위엄과 신비로움을 덧입혔다.

　천장에는 5미터 간격마다 타원형의 하얀 돌이 줄에 묶여 쭉 늘어져 있었다. 저 돌의 용도가 불법 침입자의 머리를 깨부수기 위한 장치라면 좀 더 커야 하지 않을까 싶다.

　아니면 저것은 이 세계의 사람들이 만든 폭탄일지도.

　머리 위 하얀 돌을 신경 쓰며 걷는 프레드의 모습이 우스꽝스럽다.

　'경사를 걷는 느낌이군.'

　주의력이 대단한 자라도 느끼기 어려운 극히 미묘한 차이였다. 경비병들의 모습이 더는 보이지 않는 복도까지 이들은 들어섰다. 현성이 먼저 느낀 복도의 경사를 그제야 프레드도 알아차렸다.

더 이상 머리 위의 하얀 돌을 의식하지 않게 됐다.

현성이 율라에게 말한다.

"저 벽화는 무슨 내용입니까?"

벽화의 내용을 알지 못했고 딱히 관심을 기울일 그림도 없었다.

하지만 눈앞의 저 그림만큼은 꼭 묻고 싶었다.

울부짖는 인간들 위에 똬리를 틀고 앉아 하늘을 향해 불을 뿜는 괴물이 뭔가를 연상시켰기에.

그의 질문에 율라는 전에 없이 딱딱한 표정으로 대답해 주었다.

"악신입니다."

"날개를 가진 뱀!"

프레드가 탄성을 터뜨렸다. 현성이 두 눈을 반짝이며 율라에게 재차 질문을 던졌다. 그답지 않게 질문이 많다.

"저 벽화를 끝으로 벽화는 이어지지 않는군요. 그 이유를 물어봐도 되겠습니까?"

"어라, 그러네! 벽이 저렇게나 많이 남았는데 여백의 미를 살리려는 건 아닐 테고… 무슨 이유가 있는 겁니까, 율라 님?"

현성은 프레드가 점점 시끄러운 녀석이라는 생각을 하게 됐다. 사람이 긴장하면 본의 아니게 말이 많아지는 것은 알고 있었지만.

'얌전히 있으면 안 되나?'

따끔하게 지적할까 하다가 현성은 그만두었다.

의외로 프레드는 현성이 묻지 못하던, 그리고 지나쳤던 부분에 대해 생각하고 한 것인지, 아니면 즉흥적인 것인지는 정확하게 몰라도 이런 질문들을 하여 정보 수집에 도움을 주기도 했다.

"가시죠. 궁금하신 점은 심원의 나무께서 알려 드릴 겁니다."

질문에 곧잘 대답해 주던 율라는 이번 질문에 대해서는 대답을 회피했다.

갑의 입장인 상대가 입을 닫는데 을의 입장에서 어찌 독촉하랴.

그냥 입 꾹 닫고 그녀의 뒤꽁무니만 졸졸 따라갈 뿐이다.

# 제53장
신을 베는 검!

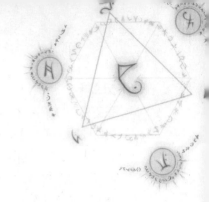

크아아앙!

쿠우와아아아아!

살기로 똘똘 뭉쳐진 포효가 들판을 날듯이 질주한다.

지축은 살기를 표출하는 이 사나운 짐승들의 발굽 아래 짓밟혀 부서진다.

흉맹한 기세를 줄기차게 뿌리는 놈들의 커다란 세 개의 눈에는 증오와 광기가 이글거리고 있었다.

광분한 놈들이 노리는 것은 몸에 착 달라붙는 검은 옷의 인간 무리였다.

탁 트인 들판은 몸을 숨길 만한 장소가 없었다.

다리가 둘뿐인 인간이 어찌 다리가 네 개인 짐승을 떨쳐 낼 수 있으랴.

등을 보이고 달아나느니 차라리 싸우는 편이 낫다.

"살만, 놈들의 수가 너무 많아요!"

은폐물로 삼을 만한 곳이 없다.

방패로 삼을 만한 곳도 찾기 힘들다.

간혹 나무가 보이긴 했지만 가느다란 잡목 한두 그루가 고작이다.

허허벌판에서 다수의 적을 만난 인간들은 지구에서 이계로 넘어온 스킬러 나이트들이었다.

이들의 숫자는 열일곱!

"이곳을 벗어난다. 공간 이동자들 곁에 붙어 서라!"

살만의 지시가 떨어지자 비공간 이동 스킬러 나이트들이 공간 이동자들의 곁으로 재빨리 몸을 날린다.

공간 이동을 발휘하자 이들의 모습이 눈앞에서 순식간에 사라졌다.

사라진 자들이 다시 모습을 드러낸 곳은 지평선이었다.

사냥감이 눈앞에서 사라지자 잠시 당황한 후이넘들이 대지에 성질을 부렸다.

그러다 불어오는 바람에 실린 인간의 체취를 맡더니 멈춘 네 다리를 다시 힘차게 움직인다.

사람들의 표정은 많이 지쳐 있었고, 옷차림에는 격전을 치른 흔적들이 보였다.

두두두두.

속도를 배가시키며 후이넘들이 기세 좋게 달려온다.

무지막지한 저 기세에 휩쓸렸다간 제대로 싸워보기도 전에 박살 날 것이다.

살만의 검은 얼굴에 고뇌가 깔린다.

악의 근원을 만나보기도 전에 놈의 수족들에 의해 벌써 다수의 대원을 잃었다.

그들을 생각하면 속에서 뜨거운 것이 치밀어 오르는 살만이었다.

"살만, 제가 놈들의 발을 묶어보겠습니다."

결사대의 부대장인 에반이 이를 악물며 소리친다.

누군가의 희생 없이는 부대 전체가 전멸할 상황이다.

후이넘의 숫자는 점점 불어나 들판이 놈들의 몸뚱이로 뒤덮인 상황이다.

"제가 하겠습니다. 살만 대장과 에반 부대장은 여기서 쓰러져선 안 됩니다."

어깨에 깊은 상처를 입은 칼슨이 비장한 각오로 말한다.

열일곱 명의 생존자 중 절반이 크고 작은 부상을 갖고 있었다.

온전한 전투력을 가진 인물은 절반에서 또 절반에 불과하다.

"그 몸으로 뭘 어쩌겠다는 거야!"

에반이 버럭 소리친다.

칼슨은 물러서지 않았다.

"시간 갑니다. 부상자 중 지원자 없나?"

칼슨이 부상당한 대원들을 일일이 쳐다보며 물었다.

몇몇이 칼슨 곁으로 걸어온다.

눈치를 살피던 부상자들도 고개를 내저으며 이들과 합류한다.

"전우를 살리기 위한 사나이들의 자발적인 참여. 캬! 멋지다. 멋져. 크크. 우리가 시간을 끌 테니까 가요. 아직 찾지 못한 대원들도 있잖아요. 그들을 찾아내서… 꼭 지구에 드리운 암운을 걷어내 주세요."

얼굴은 웃고 있었지만 칼슨의 두 눈은 슬픔과 두려움으로 떨리고 있었다.

살만은 그 눈을 볼 수 없었다.

분하고 안타까웠지만 수장으로서 용단을 내려야만 했다.

"너희의 바람과 뜻을 반드시… 이루겠다. 미안하다."

"미안하다면 꼭 원인을 제거하고 고향으로 돌아가요. 가서 저희의 영웅담을 멋지게 포장해서 들려주세요."

"그래, 고맙다. 모두… 이동한다. 뒤처지는 녀석은 내가 용서하지 않을 것이다."

살만과 대원들은 눈물을 삼키며 몸을 날렸다.

그들이 뛰어가는 모습을 멍하니 바라보던 칼슨이 자신의 광검을 뽑아 든다.

노을처럼 불타오르는 적광검.

"동료들이 멀리멀리 달아날 수 있도록 화끈하게 싸워들 보자고. 크크크."

칼슨이 앞장선다.

상처 부위가 욱신거린다.

짜증스럽다.

하지만 이 통증이 살아 있는 자의 증거요, 내일을 향해 도약할 수 있는 힘의 원동력이 아닌가.

'아픔도 곧 안녕이겠군. 하늘 빛깔… 참 좋네.'

이것과도 이제 작별을 고해야 한다.

후이넘을 향해 달려가는 이들의 상공에서 길고 우아한 여덟 개의 꼬리를 가진 커다란 새가 맴돈다.

기름을 지고 불구덩이 속으로 뛰어드는 자들의 마음을 이해한 듯.

콰콰콰콰쾅!

화르르륵!

*　　　*　　　*

기묘한 분위기를 흘리는 지하 호수 중앙에 작은 섬이 하나 있었다.

그 섬에는 앙상한 가지와 홀쭉한 줄기의 나무 한 그루만이 존재하고 있었다.

그 모습을 보고 있노라니 황폐화된 고토의 쓸쓸함을 보는 듯했다.

섬 위에 홀로 서 있는 나무를 바라보는 율라의 두 눈에는 숨길 수 없는 슬픔이 깃들어 있었다.

그래서 감히 그녀에게 질문조차 할 수 없었다.

'저것이 설마 이곳 사람들이 섬기는 심원의 나물까?'

나무의 형태에 실망감을 느낀 프레드는 내심 고개를 내저으며 율라의 표정을 흘끔거렸다. 다시 한 번 확인할 요량으로.

그녀의 표정을 통해서 프레드는 자신들이 만나야 할 심원의 나무가 바로 저 말라비틀어진 볼품없는 나무라는 사실을 느낄 수 있었다.

어찌 됐든 섬으로 가기 위해서는 일단 배가 있어야 한다.

하나 그 어디에도 배는커녕 통나무 하나 보이지 않는다.

현성과 프레드의 시선에 상념을 떨친 율라가 호수가로 걸어가더니 합장했다. 그녀의 뜬금없는 행동은 현성과 프레드를 의아하게 만들었다.

잠시 후, 거울의 표면을 연상케 했던 호수의 수면이 갑자기 크게 출렁거렸다.

수면 위로 튀어 오른 물방울이 결집하여서는 허공에 단단한 징검다리를 만들었다.

지구인의 상식에서는 도저히 이해할 수 없는 기이한 현상이 아닐 수 없었다.

지금 그 물의 징검다리 위로 율라가 발을 딛는다.

멀쩡하게 서 있는 그녀의 모습에 깜짝 놀란 프레드가 제 눈을 비빈다.

"어… 하아, 놀라움의 연속이군요."

"두 분, 따라오세요."

망설이는 프레드를 뒤로한 채 현성이 먼저 물의 징검다리에 몸을 싣는다.

물의 징검다리는 단단한 지면처럼 그의 몸을 받쳐 주었다.

이를 본 프레드도 그제야 조심조심 몸을 실었다.

곧 그의 얼굴은 호기심이 왕성한 어린아이처럼 빨갛게 상기됐다.

두 남자를 흘낏 쳐다본 율라는 어떤 내색도 하지 않고 걷기 시작했다.

호수 중앙의 섬은 쓸쓸한 초겨울 들판을 닮아 있었다.

지상에 넘치던 화려함과 생기를 이곳과 비교하니 너무 동떨어진 모습이다.

그래서 부정할 수 없는 괴리감이 든다.

"심원의 나무시여, 이계의 기사들을 데려왔습니다."

정중하게 말을 건네는 율라의 모습에 두 사람은 설마 저 나무가 말을 하겠는가 싶었다.

그래도 또 모를 일이라 혹시나 하는 마음에 나무를 바라보게 된다.

부정적인 생각에 사로잡혀 있던 두 남자를 비웃기라도 하듯 나무가 눈을 떴다.

그것은 분명 부정할 수 없는 눈이었다.

송아지의 그것처럼 맑고 큰 눈 하나가 환상처럼 줄기를 찢고 나와 거기 있었다.

신비롭다기보다는 기괴했다.

"나, 나무에 눈이!"

깜짝 놀란 프레드가 뒷걸음질하며 검지로 부릅뜬 나무의 눈을 가리켰고, 현성은 나직이 신음만 흘렸다.

프레드의 행동이 율라를 화나게 했는지 그녀의 눈썹이 칼끝처럼 올라간다.

냉랭한 그녀의 시선에 그제야 프레드는 자신이 실수했음을 깨달았다.

"미, 미안합니다. 너무… 비상식적인 모습을 봐서."

"예의를 차려주시길 바랍니다."

"아… 아, 예."

표정을 푼 율라는 왕을 수행하는 기사처럼 나무 옆에 선다.

커다란 눈동자가 현성과 프레드를 번갈아 본다.

곧 포근하고 아늑한 느낌의 정중한 목소리가 현성의 머릿속에서 울려 퍼진다.

그 옆에 멀뚱멀뚱한 얼굴로 서 있는 프레드.

"저 눈, 저거 엑스레인가?"

*　　　*　　　*

심원의 나무는 차원계를 관장하는 존재로 그의 뿌리는 에덴계에 속한 모든 세계에 뻗어 있다.

하나 그 뿌리가 악신에 의해서 잘려 나가면서 지금은 볼품없는 신세로 전락하고 말았다.

나무가 현성에게 말하길, 에덴계에서 악신에 저항할 세력은 단 두 곳뿐이라고 했다.

하나는 이곳, 바벨과 또 하나는 지구.

여기에 한 가지 비밀을 나무는 더 말해주었다.

지구인들에게 미스터리로 남은 스킬러 카드의 정체였다.

그 정체는 심원의 나무의 잎사귀라고 했다.

왜 그러한 일을 했는지 현성이 묻자 심원의 나무가 대답해주었다.

신을 베는 검을 찾기 위해서라고.

'그게 나라니……'

결사대의 유무와 상관없이 현성은 이곳 바벨 성으로 오게 될 운명이었다.

자신의 뜻과 상관없이.

잘 때, 먹을 때, 산책할 때, 화장실에 있을 때, 혹은 연인과의 애정 행위를 할 때 등등 언제든 끌려오게 될 운명이었다니.

결사대 대원들이 이를 듣는다면 억울한 심정에 그 자리에서 주저앉을 이야기다.

그러나 이들보다 더 분하고 슬픈 이는 현성이었다.

심원의 나무는 몬스터 게이트에 뛰어든 현성과 결사대를 구하기 위해 힘을 사용했다.

그것이 현성이 보았던 섬광이었다.

이 힘의 사용으로 심원의 나무는 더 이상 힘을 쓸 수 없는 상태가 되어버리고 말았다.

악신 케찰코아틀루스의 폭주를 현성이 막든, 막지 못하든 귀환 자체가 불투명해진 것이다.

힘을… 심원의 나무가 그럴 힘을 잃어버렸기 때문이다.

벌컥.

"현성, 대원들이 발견됐대! 지금 구조대가 출동할 거래. 우리도 가자."

상기된 표정의 프레드가 뛰어 들어와 흥분한 목소리로 크게 소리쳤다.

프레드는 기뻐했다. 동료들을 다시 만날 수 있을 것이란 기대감에 한창 들떠 있었다.

현성에게 이 소식은 공허한 메아리에 지나지 않았다.

그렇다고 마냥 슬픔에 빠진 채 있을 수만은 없다.

악신을 베어 지구에 드리운 재앙의 그림자를 지워야 한다.

자신이 지구에 남아 있는 그들에게 해줄 수 있는 유일한 선물이기에.

벽에 걸린 천공의 방패를 향해 걸어간 현성이 이를 움켜쥔다.

'지금은 악신과의 전쟁만 생각하자.'

*     *     *

부상자들의 희생을 뒤로한 채 살만과 대원들은 어딘지도 모를 들판을 헤맸다.

아무리 달리고 달려도 들판은 끝이 없었다.

네 개의 강인한 다리를 가진 후이넘은 지칠 줄 모르는 체력을 과시하며 대원들을 쫓았다.

놈들의 화염구에 맞아 숯덩이가 되어가는 동료의 울부짖음을 듣고, 그들의 처참한 시신을 보아야 했다. 자신들을 살리기 위해 스스로를 내던진 동료의 비장한 웃음과 다시 보지 못할 듬직한 등을 보아야만 했다.

매 순간이 이들에겐 고비였고 생사의 기로였다.

"살만, 더 이상은 무리일 것 같습니다."

후이넘 따위에게 죽기 위해 몬스터 게이트를 넘은 게 아니다.

끔찍하게 넓은 들판을 보기 위해서도 물론 아니다.

거창하게는 인류의 미래를 위해서, 소박하게는 남은 가족과 친구와 연인을 위해서다.

그래서 결사대 대원들은 죽기를 각오하고 험난한 가시밭길을 선택했다.

그런데 아무것도 하지 못한 채 쥐새끼처럼 쫓기다가 몰살당할 처지에 직면하고 말았다. 이 점이 대원들의 가슴을 짓누르고 갈기갈기 찢어놓고 있었다.

"에반, 우리만 남은 것은 아닐 게야. 우리가 이루지 못한다면 그들이 반드시 이룰 걸세."

"그렇겠죠. 클레흐, 장국정… 그리고 살만이 믿고 있는 선우현성이란 남자도 건재할 테니까요."

궁지다. 벗어날 수 없다. 그러니 모두가 함께 검을 뽑아 싸운다. 이 방법뿐이다.

살만과 대원들은 항전을 결의했다.

어느 날, 자신들이 작성한 유서의 봉인이 풀려서 가족이나 지인들에게 그것이 배달될 것이다.

그 편지를 받고 그들은 눈물 흘릴 것이다.

그 눈물 한 방울이면 되지 않을까.

"그들에게 우리 몫의 사명감까지 얹어줘야 한다는 사실이 미안하군."

살만의 음성이 살짝 떨린다.

흔들리는 제 모습을 보이지 않으려고 살만은 급히 고개를 하늘로 던진다.

"먼저 간 녀석들과 함께 천국에서 멋진 파티를 하죠. 맥주와 소시지는 제가 쏩니다. 하하."

"에반 부대장의 맥주와 소시지를 천국에서 맛볼 수 있겠군요."

"대체 그게 어떤 맛이기에 저리 자랑일까? 빨리 가고 싶군."

"야, 나보다 빨리 가지 마라."

"왜?"

"거기선 내가 네 선배이고 싶으니까."

"그래? 그럼 너 먼저 가라. 킥킥."

잠시 후에 육신이 짓이겨지고 불에 타고 찢겨 나갈지 모르는 데도 이들은 시시한 농담을 나누며 웃는다.

농담을 주고받은 잠깐의 이 휴식이 가슴이 벅차오를 만큼

달콤하다.

그래서인지 굳어버린 마음도 빠르게 이완된다.

시야에 잡히는 괴물 떼.

도망치느라 바빴던 육신을 대원들이 풀어준다.

한 놈이라도 더 죽이려면 최상의 몸 상태를 유지해야 하기에.

그래도 마음만은 최상의 상태라고 다들 자부한다.

몸은 그다지 좋지 않지만.

살만이 에반을 시작으로 대원들의 이름을 부른 뒤…

"…고맙다."

말해주자 모두가 결의에 찬 표정으로 목청을 높인다.

"지구를 위해!"

"우리의 고향을 위해!"

"부대장의 맥주와 소시지를 위해!"

웃는다.

그 웃음이 청명한 하늘보다 맑고 시원하다.

우우우우우웅.

챵챵챵챵!

살만을 필두로 자신의 광검을 뽑는다.

입가에 한줄기 미소를 진하게 베어 문다.

"가자ㅡ!"

에반이 뛰쳐나가며 소리친다.

"으아아아아아아얍!"

"우와아아아아아아!"

전의를 불태우고 두려움을 짓누르는 함성과 함께 모두가 내달린다.

그들의 모습을 바라보며 살만도 앞으로 달린다.

'그에게 민연과 아이가 무사하단 소식을 전해주지 못해서 미안하군.'

마음 한쪽이 시큰하고 묵직한 살만이다.

오로지 그만이 안타까움이란 이름의 미련을 갖고 있었다.

두두두두.

들판을 새까맣게 뒤덮은 후이넘의 해일 속으로 결사대원들이 뛰어든다, 호수에 던져진 작은 조약돌처럼.

그러나 그들이 뿜어내는 기백과 용기는 태산도 티끌처럼 작게 만든다.

우우우우우웅!

서걱.

쿠오오오옥!

쿵!

털썩.

투아아아앙!

"토니이이이~!"

후이넘의 꼬리에 관통당한 동료의 모습에 다들 속으로 피눈물을 흘린다.

동료의 목숨을 뚫은 그 꼬리를 잡아채 있는 힘껏 끊어낸다.

가는 길 편히 가라고.

그러곤 여유가 되는 자들이 다가가 쓰러진 동료의 부릅뜬 눈을 감겨준다.

"나중에 보자, 실크."

주르륵.

시야가 뿌옇다.

세상이 그 눈물에 의해 일그러지더니 넓게, 넓게 퍼진다.

"크아아아아악—!"

'크흑, 곧 만나자, 토니.'

쐐애애애액.

"정신 차려!"

슬픔에 빠진 대원을 향해 날아가는 화염구를 단숨에 쪼개며 에반이 소리친다.

눈물을 훔친 대원이 씩 웃는다.

"고마워요, 부대장. 크크."

"한 놈이라도 더 죽여라, 행크."

"당연하죠. 한 놈이라도 더 죽여얍죠. 그래야 토니 녀석에게 자랑할 수 있으니까요. 하하. 저 먼저 갑니다."

자신을 스쳐 가는 행크를 잠시 바라보던 에반이 다시 몸을 날려 자신의 광검을 휘두른다.

죽여도 죽여도 끝도 없이 후이넘이 몰려온다.

몸을 날리는 것도 이젠 버겁다.

다리를 움직이는 것도 힘들어진다.

지구에 남아 있을 가족의 얼굴이 눈앞을 스친다.

그들과 함께했던 지난날이 눈앞에 좌르륵 펼쳐진다.

편식이 심한 딸애는 밥을 잘 먹고 있을까? 축구 선수가 꿈인 아들은 지금도 운동장에서 공을 차고 있을까? 아내는 눈물로 베개를 적시지나 않을까? 그립다, 가슴 미어지고 찢어지게.

자신을 향해 짓쳐들어오는 후이넘의 꼬리를 자르며 에반은 다시 한 번 앞으로 돌진한다.

기합을 내지를 힘도 이제 없다.

청명한 하늘 아래 한 무리의 그림자가 등장했다.

둥그런 원반에 올라탄 자들이 활을 든다.

녹색 빛의 화살이 시위에 매겨진다.

'뭐지? 천사 강림인가.'

환각이라 생각하는 에반이다.

"쏴라!"

시위를 놓자 빛의 화살이 대기를 가르고 날아가 후이넘을 쓰러뜨린다.

살만과 대원들이 놀라서 황급히 서쪽 하늘을 본다.

사람들이 하늘에 떠 있었다.

반갑다. 눈물 나도록 타인이 반갑다.

"살만 대장, 에반 부대장! 나, 프레드요!"

금광검을 뽑아 든 프레드가 난전으로 뛰어들며 호탕하게 소리친다.

그 뒤를 바벨 성의 기사들이 뛰어든다.

스팟!

그리고 후이넘 무리의 중심부로 누군가 홀로 뛰어내린다.

그의 손에선 찬란하게 빛나는 자색의 광검이 팔월의 태양처럼 맹위를 떨친다.

신을 베는 검의 소유자, 바로 선우현성이었다.

후이넘을 마른 장작처럼 쩍 쪼개며 지면에 발을 디딘 현성이 팽이처럼 그 자리에서 몸을 움직인다.

팽그르르.

회전력이 가미된 그의 검력에 닿는 족족 후이넘의 몸이 잘려 나간다.

쿠에에엑!

케엑!

현성이 다음 표적을 향해 일보를 딛자 잘려 나간 매끈한 그 단면에서 일제히 피가 분출한다.

촤아아악.

후드득.

이것은 시작에 불과했다.

현성의 주변에 순식간에 넓은 공터가 만들어졌다.

그 공터를 후이넘의 피와 잘려 나간 몸뚱이로 그는 차곡차곡 채워 넣었다.

스읍.

서걱서걱.

현성이 스쳐 지나가는 곳마다 섬뜩한 절삭음과 피와 비명이 어김없이 뒤따른다.

푸화화확!

털썩털썩.

양 떼 속에 뛰어든 한 마리 야수처럼 그는 후이넘을 유린하며 질주했다.

검과 하나가 된 그는 바람처럼 움직였다.

세 개의 눈을 가진 후이넘조차 그를 제대로 볼 수 없었다.

두려움을 모르던 놈들이 처음으로 겁을 집어먹는다.

달아나는 놈들이 발생한다.

현성은 이를 용납하지 않았다.

가슴 저 깊은 곳에서부터 사납게 솟구쳐 올라오는 분노를 식히기 위해서는 아직 더 많은 놈들의 피가 그는 필요했다.

"서, 선우현성!"

"녀석이 저렇게나 강했다니!"

"무시무시한 녀석이었잖아, 저 녀석."

"싸움밖에 모르는 후이넘이 녀석에게 겁을 집어먹고 있어. 이게 말이 돼?"

"저것이 지구 최강 스킬러 나이트의 진면목인가? 정말… 어, 엄청난 위용이군."

하늘에서 쏟아지는 녹색 빛의 화살.

세상을 자색으로 물들이는 지상의 검.

후이넘의 그림자로 새까맣게 덮였던 지면에 녹음의 구멍이 하나둘 생겨난다.

'모두… 죽인다!'

방구석에 들어앉아 쓰라린 마음을 다스리는 것보단 이처럼 원 없이 미쳐 날뛸 수 있는 전장이 백배 낫다.

이 순간만큼은 눈앞의 현실에 온전히 집중할 수 있기에.

\*　　　\*　　　\*

찌르르르, 찌르르르.

휘류류류.

달에 눈이 있다.

나무에도 있더니 달에도 눈이라.

이곳이 별세계는 별세계인가 보다.

연못가에 앉아 수면만 멍하니 바라보고 있는 현성에게 살만이 걸어온다.

"앉아도 될까?"

"앉으세요."

"고맙네. 자네도 한잔할 텐가?"

금빛이 은은하게 감도는 술병을 살만이 현성에게 흔들어 보인다.

술병을 잠시 응시하던 현성은 고개를 내젓는다.

기분이 좋지 않을 때 술을 마셨다간 엉뚱한 실수를 할 수 있기 때문이다. 흐트러진 자신을 보여주는 것도, 보는 것도 그는 탐탁지 않았다.

"됐습니다."

"술은 지구나 이곳이나 비슷하더군. 취한다는 의미에서는 말일세."

벌컥벌컥.

입안의 주향을 불어내는 살만.

"율라 씨로부터 이야기는 들었네. 자네가 이곳 사람들이 기다리던 예언의 기사라더군."

"그러더군요."

현성은 남의 일처럼 말한다.

인생은 아이러니해서 하고 싶지 않은 일, 간섭하고 싶지 않은 일들이 언제나 제 몫의 일이 되고 만다.

정말 좋아하는 것은 늘 손에 잡히지 않는다.

다른 사람들은 쉽게 가지는 것 같은데.

"내일부터 작전 회의를 진행할 생각이네."

"들었습니다."

"자네에게 거는 기대가 크다네."

"노력하겠습니다."

이 세계는 지구의 전자 기기가 작동하지 않았다.

현성을 위해 나름 고심 끝에 준비한 동영상을 그래서 살만은 그에게 보여줄 수 없었다.

그러니 자신의 회한을 현성에게 고백할 수밖에.

"미안하네."

뜬금없는 살만의 사과에 현성이 처음으로 그를 향해 고개를 돌린다.

무표정한 그의 얼굴에 박힌 두 눈에 의문이 스친다.

"차민연 양과 태아는 무사하다네."

살만은 현성에게 큰 충격을 안겨준다.

현성의 눈빛이 순간 날카로운 매의 눈처럼 빛난다.

민연과 태아라니… 그녀가 임신한 사실을 아는 자는 없다.

민연과 자신뿐이다.

"무슨… 뜻이지?"

"대의에 입각한 행동이었다고는 하지만… 휴우, 자네에게는 듣기 싫은 변명에 불과하겠지. 사실대로 말함세. 실은 잠시 그녀를 데려와서 보호했었네. 지금쯤 그녀는 한국에 가 있을 거네. 자네를 기만한 행동, 진심으로 사과하네."

화르르.

살만은 현성에게서 강렬한 뜨거움을 느꼈다.

그것은 마치 불에 달궈진 수백 개의 창이 자신의 몸을 인정사정없이 찌르는 것 같았다.

작전에 임하기도 전에 여기서 그의 손에 맞아 죽을지도 모른다는 생각이 든다.

그럼에도 살만은 입을 닫고 있을 수가 없었다.

회한의 두려움을 맛보았기에 그것의 끔찍함을 털어내고 싶었다.

"자네를 결사대에 참여시키려는 다급한 마음에서 일을 계획했네."

우두둑.

꽉 쥔 현성의 주먹 관절이 하얗게 일어나 부들부들 떨리고, 얼굴은 말갛게 핏줄이 비칠 정도로 하얗게 변한다.

살만은 두 눈을 질끈 감고 그의 처분을 기다렸다.

욕을 들어도 할 말이 없고 얻어맞아도 할 말이 없다.

그저 그가 자신을 죽이지 않기만을, 뜻있는 곳에 자신의 목숨을 불사를 수 있는 기회를 박탈하지 않기만을 살만은 두 눈을 내리감고 바랐다.

스윽.

한참이 지난 후 현성은 자리에서 일어섰다.

그의 기척에 놀란 살만이 눈을 떠 그를 올려다보았다.

걸어가는 현성을 향해 살만은 떨리는 음성으로 말했다.

"그, 그냥 가는 건가? 나… 날 용서하는 건가?"

"그들이 살아 있는 것만도 지금의 난 만족한다. 그렇다고 널 용서한 것은 아니다, 늙은이!"

마음 졸였던 그 시간을 생각하면 어찌 살만이 쉽게 용서가 되겠는가.

그럼에도 살만을 상대로 분풀이할 수 없는 이유는 단 하나, 간절하게 바라던 단 하나의 소원이 이런 식으로나마 이루어졌기 때문이다.

민연과 아이가 무사하다. 그것이면 충분하다.

'악신을 벤다. 그리고 반드시 돌아가고야 만다.'

그것만 생각하자. 다른 것은 다 제쳐 두고 딱 그것만.

저벅저벅.

　　　　　*　　　　*　　　　*

　악신을 퇴치하기 위한 치열한 작전 회의가 연일 계속됐다.

　악신의 궁이라 불리는 곳까진 심원의 나무가 통로를 열어주기로 했다.

　단 한 번뿐인 기회였다.

　이 기회를 잃는다면 악신의 궁 근처에도 가기 힘들다.

　바벨 성이 보유한 전력을 모두 기울이더라도 악신의 궁 외곽 방어를 뚫지 못한다.

　이렇다 보니 작전에는 한 치의 실수도, 빈틈도 용납될 수 없었다.

　심원의 나무가 사력을 다해 악신의 궁으로 보낼 수 있는 인원은 일백 명.

　예언의 기사로 인정받은 현성을 제외한 지구의 결사대 대원을 포함, 지원한 바벨 성의 기사들이 자웅을 겨뤄 99인의 용사를 뽑기로 결정했다.

　용사란 칭호는 바벨 성에서 최고로 여겨주는 칭호다.

　자신의 목숨을 내놓아야 하는 이 대회에는 놀랍게도 바벨 성의 기사 전원이 참가 신청서를 제출했다.

　대회 참가자의 수가 무려 삼천 명에 육박했다.

　성내 연무장과 공터에서 실력을 겨루는 기사들의 기합과 이를 응원하는 사람들의 목소리가 연일 계속됐다.

용사대 참여가 이미 결정된 현성과는 무관한 시합이다.

바벨 성의 성주는 현성을 위해서 특별히 외진 곳에 위치한 아늑하고 조용한 별채 하나를 통째로 내주었다.

별채에는 그의 시중을 들기 위한 최소한의 인원만 상주했다.

"현성 님, 내성에서 기쁜 연락이 왔어요."

올해 165세의 젊은(?) 아가씨, 나릴라.

참고로 이 세계의 사람들의 평균 수명은 황당하게도 400세다.

그리고 이곳 사람들은 노화가 몹시 더디다.

"기쁜 연락?"

"예, 수색 부대에서 이탈한 결사대 대원 전원을 찾았다고 해요."

총원 서른여섯 명의 결사대 대원 중 확인된 결사대 대원의 수는 사망자를 포함해서 스물한 명이다.

아직 열다섯 명의 생사가 불투명한 상황이었다.

'에리카, 클레흐, 장국정 외 열두 명이던가?'

클레흐와 장국정은 적광의 스킬러 나이트로, 이들은 결사대 대원 중에서도 중심이 되는 전력이다.

비장한 최후를 선택한 칼슨을 제외하면 생존한 적광의 스킬러 나이트의 수는 현재 살만, 에반을 포함해서 네 명이었다.

이들은 앞으로의 일정에 큰 도움이 될 자들이다.

물론 대회 결과는 뚜껑을 열어봐야 알겠지만.

현재 한창 각축을 벌이고 있는 99인의 용사 선발 대회에서 다섯 명의 결사대 대원만이 남았다.

살만, 에반, 클레흐, 장국정은 그렇다 치더라도 남은 한 명은 예상외의 인물이었다.

나나세 에리카가 바로 그 주인공이었다.

이들 5인을 제외한 대원들은 대회 첫날 모두 탈락했다.

허무한 결과가 아닐 수 없었다.

그들의 낙담은 옆에서 보기 안쓰러울 정도였다.

현성이 관심을 보이는 듯싶다가 다시 무심한 본래의 태도로 돌아가자 나릴라는 기운이 쭉 빠졌다.

그가 웃는 모습을 한 번쯤 보고 싶었던 그녀의 기대가 와르르 무너진다.

"잘됐군."

퍼석한 멘트.

"기, 기쁘지 않으세요? 현성 님의 동료분들이시잖아요."

순하고 맑은 나릴라의 눈망울을 볼 때마다 현성은 눈에 그려지는 인물이 있었다.

아연이었다.

나이로 따지면 나릴라가 자신보다 한참 윗줄이지만 외모나 느낌은 여동생 같았다.

이런 생각을 나릴라에게 말해준다면 모르긴 몰라도 그녀는 크게 기뻐했을 것이다.

"기쁘군."

"아, 기쁘시군요. 음, 점심은 여기서 드실 건가요?"

잠자는 시간을 제외한 대부분 시간을 현성은 별채에 딸린

신을 베는 검! 121

이곳 숲 속에서 몸과 마음을 수련하면서 지냈다.

내색은 하지 않았지만 현성 역시 긴장하고 있음이다.

지구가 속한 차원계 에덴의 악의 축. 그 악의 근원인 악신 케찰코아틀루스를 해치우지 않는 한 누구도 내일을 꿈꿀 수 없다.

현성에게 내일의 꿈이란 소중한 사람들의 평화를 지키고 그들 옆에서 함께 생활하는 평범한 나날의 연속이었다.

이를 위해서 그는 이곳에서 자신을 채찍질하고 있었다.

모르는 이들은 그가 한가롭게 세월만 좀먹는다고 생각들 하지만.

"여기서 먹도록 할게, 나릴라."

"가져다 드릴게요."

말 끝나기가 무섭게 바람처럼 눈앞에서 모습을 감춰 버린 소녀.

이곳 사람들은 긴 수명만큼이나 그 시간을 정신과 육체적인 능력 발달에 힘을 쓴다.

일종의 취미 생활이다.

그렇다 보니 하녀라는 직업을 가진 소녀조차 그 움직임이 예사롭지 않다.

처음엔 놀랐지만 익숙해진 지금은…

'나는 과연 악신을 벨 수 있을까?

일개 인간으로서 그 일이 가능할까 싶다.

그럼에도 뒤돌아보지 않고 전진하려는 이유는 단 하나, 소중한 이들과 함께 오순도순 살고 싶기 때문이다.


*　　　　*　　　　*


역사의 회랑.

심원의 나무가 있는 성의 지하로 가기 위해서는 이곳을 지나가야 한다.

벽면에 그려진 그림은 이 세계의 역사다.

집단과 집단의 싸움, 집단 내부의 알력이 벽화에 그대로 그려져 있다.

이곳에서도 문자가 존재한다.

하지만 무슨 이유에서인지 이들은 문자로 자신들의 역사를 남기지 않았다.

그 이유는 알 수 없다.

맨 마지막 그림 앞에서 현성은 한참 동안 걸음을 멈춘다.

악신이 하늘을 향해 포효하는 그림이다.

벽화가 여기서 끝날지, 아니면 새로운 그림이 이 뒤를 이어 그려질지는 오직 한 번의 전투로 결정된다.

저벅저벅.

끼이이익.

지하로 들어가는 문을 양쪽으로 열고 들어간다.

쓸쓸한 풍경이 눈앞에 펼쳐진다.

이곳의 풍경은 마치 세계의 절규를 형상화해 놓은 듯했다.

물의 징검다리를 건너 호수 중앙의 섬에 현성이 발을 딛는다.

기다렸다는 듯 심원의 나무가 말한다.

[참으로 오랜만이야, 지상의 인간들이 뿜어내는 열정과 활력을 느껴본 것이.]

어제와 오늘이 다르고, 오늘과 내일도 다르다.

좋은 의미가 아니다. 이는 심원의 나무에게서 느껴지는 상태다.

모든 힘을 소진한 심원의 나무는 인간으로 치자면 관에 다리 하나를 들여놓은 상태다.

최선을 다한 나무는 서서히 죽어가고 있었다.

어린 심원의 나무를 그 속에 소중하게 품은 채 저 특별한 나무 역시 인간들이 그러하듯 밝은 내일을 바라고 있었다.

"내가 돌아갈 수 있는 방법은?"

악신은 거대한 장벽이다. 그 장벽 앞에서 무릎 꿇을 수도 있다. 일이 그렇게 되더라도 현성 역시 저 심원의 나무가 그러하듯 희망을 품고 싶었다.

그것이 허무맹랑한 꿈일지라도.

[내가 가진 모든 지식을 동원해서 검토한 결과 기회는 단 한 번뿐이네. 악신이 소멸할 때 발생할 혼돈의 파장 속으로 자네를 내던지는 것뿐일세. 나는 진심으로 만류하고 싶네. 그 길이 자네를 자네의 세계로 돌려보낼 수 있을지 장담할 수 없기 때문일세. 이 세계에 남으면 안 되겠나?]

"거절."

[휴우, 어쩔 수 없군. 하지만 이것 하나만은 명심하게. 자네의 선택이 자네 자신에게 가혹한 시련을 선사할 수 있음을!]

심원의 나무에게서 진심이 느껴진다.

하지만 그의 말을 좇아 여기서 멈출 수는 없다.

처참한 결과가 눈앞에 펼쳐지더라도, 후회의 눈물에 빠져 허우적거리다 아주 고통스럽게 익사하더라도.

"그날 보도록 하지."

현성이 몸을 돌려세운다.

더 이상 심원의 나무에게서 들을 조언은 없다.

[잠깐!]

우뚝.

[이것이 자네에게 어떤 도움을 줄지 모르겠지만 자네에 대한 내 경의의 표시로 자그마한 선물을 준비했네.]

볼품없는 모습의 심원의 나무가 눈부신 오색의 빛을 발산한다. 그 빛이 뿌리로 들어가더니 이내 작은 열매로 맺혀 현성의 심장을 향해 날아간다.

빛의 열매와 그의 심장이 하나가 되어 강렬한 빛의 폭풍을 일으킨다.

폭풍이 잠잠해지자 그 속에서 현성의 모습이 드러난다.

쿵쿵쿵쿵… 두근두근.

빠르고 묵직했던 심박동이 안정을 찾자 현성은 나직한 신음과 함께 심원의 나무를 본다.

신비로운 현상을 연출했던 심원의 나무는 그새 더 힘이 없어진 듯했다.

"뭐지?"

[자네가 자네일 수 있도록 내게 남은 염원을 시간의 열매로 변화시킨 것일세. 그건 오로지 자네 것일세. 자네가 무사히 자네의 세계로 돌아간다면 그 열매는 조용히 간직될 걸세. 피곤하군. 그날 보도록 하지.]

심원의 나무가 눈을 감자 이 공간은 더욱더 힘을 잃는다.

잠시 나무를 바라보던 현성이 고개 숙여 자신의 왼쪽 가슴을 바라보다 떨리는 손으로 이를 쓰다듬는다.

*      *      *

99명의 용사를 뽑는 대회도 막을 내렸다.

지구에서 파견된 결사대 대원 중 최종 99인에 뽑힌 인물은 다섯 명이다. 살만, 에반, 장국정, 클레흐, 그리고 역시나 의외의 인물, 나나세 에리카.

일반 대원으로 분류할 수 있는 금광의 스킬러 나이트 에리카, 그녀의 용사 확정은 의기소침했던 결사대 대원들의 활력이 됐다.

출전 전날 바벨 성의 성주는 백성들을 모아놓은 자리에서 우승자들에게 용사의 칭호와 용사대라는 부대명을 하사했다. 그리고 이들의 장도를 격려하기 위해 호화로운 파티가 열렸다.

"예언의 기사여, 그대의 검에 축복과 영광이 깃들기를 바랍니다."

바벨 성의 성주가 현성에게 술잔을 건네며 정중히 권했다.

"감사합니다."

건네받은 술잔을 예의상 다 비운 현성은 사람들의 관심이 다른 곳으로 향하자 자리를 떠나 한적한 정원으로 발걸음을 옮겼다.

여러 사람이 모여 북적이는 곳보다는 그는 이런 곳이 더 좋았다.

"현성 씨."

혼자만의 시간을 즐기는 그를 부르며 한 여인이 다가온다.

에리카였다.

그녀의 얼굴은 이전과 달리 사선으로 깊고 긴 흉터가 나 있었다.

후이넘의 독이 상처 부위에 스며들었기에 그녀의 저 흉터는 이 세계의 놀라운 의료 기술로도 어쩔 도리가 없었다.

대원들이 그녀의 얼굴에 난 흉터를 걱정하자 에리카는 웃으면서 지구로 돌아간 뒤 성형 수술을 받을 거라며 호탕하게 공언했다.

성형 공화국—대한민국— 최고의 성형외과 의료진들을 섭외할 거라나.

"지구에서나 여기에서나 현성 씨를 향한 사람들의 기대와 바람은 열광적이네요."

에리카의 말투는 가벼웠지만 얼굴에 난 흉터로 인해 가볍게

만 들리지 않는다.

자고로 웃음 짓는 얼굴에서의 눈물이 더 슬프게 와 닿는 법이다.

"의외였다, 당신이 최종 99인에 선발되었다는 것이."

"어라, 내가 나이 더 많은데. 한국인은 동방예의지국민이라는 자긍심으로 똘똘 뭉쳤는데 현성 씨는… 아아, 됐어요. 나의 승리는 죽을 고비를 숱하게 넘긴 경험의 산물."

어깨를 활짝 펴며 당당히 말하는 에리카는 고독한 여전사를 연상케 한다.

이전에는 교활한 요부 이미지의 에리카였는데 저 흉터 때문인지, 아니면 마음가짐이 바뀌어서인지는 몰라도 현성의 눈에는 그리 보인다.

"그렇군."

"하나 묻고 싶은 게 있어요."

현성은 침묵으로 그녀의 질문을 받아들인다.

"살만 씨와 악감정 있어요? 두 사람 분위기가 내내 어색하고 무겁던데."

"없어."

"그래요? 흠, 다들 의아해하던데. 뭐, 그게 중요한 건 아니니까 넘어가죠. 현성 씨, 악신을 제거하더라도 우리들의 세계로 갈 수 없다던데… 확실한 이야긴가요?"

사람은 누구나 자신의 고향을 그리워한다.

더욱이 이곳은 자신들이 살던 세계가 아닌 전혀 다른 세계다.

에리카의 두 눈은 불안감과 긴장을 담고 있었다.

현성은 연못으로 시선을 던지면서 나직하게 말한다.

"세상에 확실한 건 없어. 끝을 봐야 알 수 있다고 본다."

"돌아갈 길이 있다는 건가요? 그 말은."

"너는 돌아가야 할 이유가 있나? 너에게 그곳은 진흙탕일 텐데."

"…만나야 할 사람이 있어요. 꼭."

새는 먹이를 위해 날고 짐승은 먹이를 위해 달린다. 사람은 그리움 때문에 힘을 내는 게 아닐까.

"끝까지 살아남아서 날 쫓아와 봐. 내가 해줄 수 있는 말은 이게 전부다. 결과는 나도 모르지만."

자리에서 일어선 현성이 뚜벅뚜벅 걸어간다.

등을 보이고 걸어가는 사람들은 다들 왜 쓸쓸해 보이는 것일까.

나직한 한숨과 함께 에리카는 고개를 양 무릎에 묻으며 다리를 잡아당겼다.

'결과가 뻔히 보이는 인생이 어디 있어. 다들 그날그날 최선을 다하는 거지.'

하아.

한숨이 그녀의 입술을 비집고 꾸역꾸역 밀려 나온다.


\*　　　　\*　　　　\*

비장한 표정, 결연한 의지로 무장한 용사대 대원들이 바벨 성 지하로 내려간다.

이들의 임무는 단순하고 명료하다.

악신의 거처까지 신을 베는 검의 소유자, 현성을 무사히 들여보내는 게 임무의 핵심이다.

이를 위해서 용사 중 가장 강한 8인이 현성의 밀착 호위 임무를 맡았다.

악신의 궁에 대한 유일한 정보는 복잡한 미로를 지나야 한다는 게 고작이다.

미로의 규모와 위험성은 해박한 지식을 가진 심원의 나무조차 알지 못했다.

용사대 대원들을 격려한 심원의 나무는 미로 내부로 연결되는 문을 바로 열었다.

온 힘을 다해 문을 열어준 심원의 나무가 먼지처럼 흩어지자 그 자리를 어린 나무 한 그루가 대신한다.

조용한 세대교체였다.

슈아아아아아앙!

공간을 가로질러 가는 일에 익숙하지 않은 바벨 성의 기사들이 캄캄한 어둠 속에 떨어지자 일제히 휘청거렸다.

낯선 기척을 감지한 미로는 마치 살아 있는 짐승처럼 으르렁거려 모두를 놀라게 만들었다.

미로 곳곳에서 무럭무럭 피어나는 적대감과 살의가 파도처럼 용사대를 향해 밀려들고 있었다.

정신을 차린 율라가 소리쳤다.

"검을 뽑아라! 방패를 들어라!"

율라는 현성의 밀착 경호 및 용사대의 지휘관을 겸했다.

그녀의 호령이 떨어지자 훈련받은 대로 전열, 중열, 후열로 나뉘어 대열을 구축하는 그들이다.

현성은 후열에서 경호를 받았다.

전열의 용사들이 천공의 방패로 단단한 벽을 만들기 시작했다. 이 벽 안쪽에서 용사들은 자신의 숨소리마저 죽인 채 검을 뽑아 들었다.

바벨 성의 기사들 역시 광검을 사용한다. 그 색은 녹색인데, 이는 지구의 광검 단계에서 찾아볼 수 없었던 것이다.

현성이 전방을 주시한다.

에리카는 전열에 배치되어 바벨 성의 기사들과 함께 어깨를 나란히 하고 있었다.

뒤에서 본 그녀의 어깨는 유난히 작고 허리 역시 유난히 가늘었다.

저 몸으로 치열한 대결에서 살아남아 용사대의 일원이 되었으니 그녀의 실력과 의지와 운을 인정하지 않을 수 없다.

'후이넘이 아니다!'

통로 끝에서 달려오는 무리는 후이넘이 아니었다.

몬스터 하면 후이넘을 먼저 떠올리는 현성과 지구 출신 용사들의 눈앞에 등장한 몬스터는 생소했다.

벌 떼처럼 몰려드는 괴이하게 생긴 몬스터.

개개의 크기는 대략 이삼 미터로, 네 개의 다리와 세 개의 낫처럼 생긴 팔을 놈들은 갖고 있었다.

"땅의 주민이다!"

인상을 와락 구기며 율라가 소리친다.

카아아앙!

땅의 주민들이 전열 부대가 구축한 방패의 벽을 낫처럼 생긴 팔로 후려쳤다. 불똥이 튀고, 쇠를 깨는 소리가 통로 전체를 뒤흔들었다.

놈들의 힘은 대단히 강력했다.

방패로 놈의 공격을 막은 덩치 큰 용사가 발을 땅에 붙인 채 뒤로 쭉 미끄러질 정도였다.

"놈들의 팔을 조심해!"

"공격!"

미로의 너비는 10미터, 높이는 15미터다.

양쪽이 무리를 지어서 싸우기에는 협소하다.

힘찬 기합과 함께 전열에 배치된 용사들이 자신들의 광검을 뽑아 들고 마주 싸운다.

땅의 주민이 휘두르는 낫처럼 생긴 팔과 용사들의 광검이 부딪친다.

무쇠도 잘라내는 무기가 광검이다.

한데 놈들의 낫처럼 생긴 팔은 그 광검으로도 자르지 못했다.

전열의 용사들은 대열을 유지하며 싸웠다.

정면 공격에서 승기를 잡지 못한 놈들이 벽과 천장을 평지처럼 내달린다.

놈들의 전투 방식을 보자 현성은 돌연변이 괴물 R이 문득 떠올랐다.

그놈들도 저 땅의 주민들처럼 저리 움직이지 않았던가.

'저런 것들만 있을까?'

그렇다면 용사대의 임무는 어렵지 않게 완수할 수 있으리라.

"중열과 후열의 용사들은 화살을 날려라!"

전장을 냉정하게 주시하던 율라가 소리치자 두 열에 배치된 용사들이 활대를 들어 시위를 당겼다.

이 활엔 줄도 화살도 없지만 활대가 안쪽으로 구부러지자 신기하게도 빛의 화살이 생성되기 시작했다.

저 활은 오로지 이 세계의 인간들만이 사용할 수 있다.

저 활을 사용하기 위해서는 꽤 오랜 시간을 연습하고 수련해야 한다.

지구인들에게는 그럴 시간이 없었기에 다들 손 놓고 바라볼 뿐이다.

빛의 화살이 천장과 벽을 타고 움직이는 놈들을 향해 정확하게 날아간다.

바벨 성 기사들은 개개인이 명궁이라 불리어도 될 실력자들이다. 이 실력을 그들은 이곳에서도 유감없이 발휘했다.

퍽퍽퍽퍽!

케에엑!

캬!

후드득.

모든 죽어가는 것들은 흔적을 남긴다.

피와 살과 뼈가 바로 그것이다.

전투는 용사대의 압도적인 우세로, 얼마 안 있어 놈들의 전멸로 끝이 났다.

다행하게도 단 한 명의 희생자도 발생하지 않았다.

서전을 완벽하게 승리로 장식한 것이다.

"별거 아니네."

"이겼다!"

"와아아아!"

땅의 주민이 흘린 피로 미로 통로는 하수구를 방불케 하는 악취가 진동했다.

대원들은 제 코를 꾹 움켜쥐며 보행을 서둘렀다.

장국정이 인상을 있는 대로 다 찌푸리며 경박하게 숨을 몰아쉬었다.

"후아, 이제 살겠다. 헥헥."

"냄새 때문에 죽겠어. 이럴 줄 알았으면 방독면을 버리지 않는 건데. 계속 이럼 어쩌지? 저놈들보다 더 강하더라도 냄새 없는 놈을 만났으면 좋겠어. 이 냄샌 정말 짜증 나. 하아."

핏기 없는 얼굴로 클레흐의 불평이 쏟아진다.

에반이 옆에서 점잖은 목소리로 충고한다.

"말이 씨가 돼."

"에반은 이 냄새가 괜찮아요?"

"난 코가 없는 줄 알아? 그래도 다치거나 죽는 사람이 발생하는 것보단 이쪽이 더 낫지."

"끙, 그렇긴 하지만 이 냄새는 정말 끔찍해요."

"그만해. 바벨 성 기사들이 뭐라고 생각하겠어."

그제야 클레흐는 바벨 성 기사들, 아니, 이제는 용사들이라 불러야 할 그들의 시선에 머쓱한 표정으로 웃어 보인다.

옆에서 장국정이 클레흐의 염장을 지른다.

"클레흐, 네가 꼬리 쳐도 저들은 눈길도 안 줄 거야. 너도 알다시피 바벨 성의 여자들이 좀 미인이냐. 내 머리털 나고 그렇게 예쁜 여자들이 지천에 깔린 도시는 처음이었다니까."

자신의 미모에 자부심을 갖고 있었던 클레흐는 이곳에서는 명함도 내밀지 못했다.

더욱이 이곳 여자들은 그 미모가 방부제처럼 오래간다.

용사대의 지휘관, 율라만 해도 그렇다.

그녀는 놀랍게도 340살 먹은 할머니, 아니, 조상님이라고 불러야 한다.

그럼에도 율라의 몸매와 미모는 관리를 철저히 한 이십 대 중후반처럼 보인다.

"내가, 내가 언제 꼬리 쳤다고 그래? 너, 없는 말 지어낼래! 앙!"

"앗, 고막 터지는 줄 알았네. 바로 옆에서 그렇게 소리 지르면 어떡해."

이대로 방관했다간 날 새는 줄 모르고 입씨름할 것이다.

살만이 점잖게 한마디 하자 그제야 조용해진다.

*　　　*　　　*

미로란 어지럽게 여러 갈래로 갈라져 섞갈리는 장소를 말한
다. 입구와 출구만이 외부와 연결된다.

이러한 미로에서 출구인 악신의 거처까지 가는 일은 쉽지
않을 것이라고 모두가 예상했다.

하지만 웬걸. 막상 미로에 진입해 보니 이곳이 미로라는 이
름으로 불릴 수 있을까 하는 의문이 모두의 머리에서 떠나지
않는다.

쭉 이어진 외길.

"여기 정말 미로 맞아?"

"그러게. 심원의 나무께서 잘못 말씀하신 건가?"

"꼭 아탐스의 회랑을 걷는 기분이네."

미로 진입 후 세 시간. 용사대는 한 시간에 한 번꼴로 전투
를 치르며 이동하고 있었다.

세 번의 전투에서 만난 상대는 땅의 주민이라 불리던 그 몬
스터였다.

"20분간 휴식. 대열은 유지하라."

휴식 명령이 떨어지자 대원들이 그 자리에 주저앉아 가져온
물과 음식으로 배를 채우며 담소를 나누기 시작했다.

"이대로라면 피해 없이 악신의 거처까지 쉽게 갈 수 있겠

네요?"

악취가 서서히 익숙해져 가자 클레흐는 땅의 주민이란 몬스터만 만나도 좋겠다는 생각을 하고 있었다.

살만, 에반, 장국정이 그녀의 말에 동의했다.

모두가 같은 마음이다.

"미로의 몬스터가 땅의 주민뿐이라면 그렇겠지. 그럼 한시름 덜 텐데."

에반의 말에 장국정이 이해할 수 없다는 표정으로…

"한시름 던다니? 그게 뭐죠? 다른 시름거리라도 있단 소리예요?"

"미로의 규모가 상상을 초월할 정도로 거대하다는 생각이 들어."

에반의 지적에 장국정은 주변을 둘러보더니 이 말에 공감을 표하며 표정을 굳혔다.

"지금까지의 상황만 놓고 보면 그럴 수 있겠네요. 아니면 심원의 나무가 우릴 엉뚱한 곳에……."

이 세계 출신인 율라, 하칸, 자보, 루도와 몇몇 대원들의 표정에서 언짢은 기색이 떠오른다.

이를 눈치챈 클레흐가 재빨리 국정의 옆구리를 찔러 경고했다. 심원의 나무는 이곳 사람들에게 신이자 어버이 같은 존재이다.

장국정에게서 악의를 느꼈다면 이들 사이에 불쾌한 말들이 오갔을 것이다.

클레흐가 중간에 나서주었고, 살만과 에반이 국정을 대신해서 사과의 표정을 짓자 불편한 상황은 일어나지 않았다.

"넌 그 입이 문제다. 문제야."

"나라님도 없는 곳에선 욕할 수 있어."

"그 나라님의 충신들이 옆에 있잖아, 이 눈치 없는 것아."

나름 목소리를 낮춘다고 낮췄지만 여기 있는 사람들이 어디 보통 사람들인가.

다들 알면서도 모른 척해준다.

이 자리가 불편해진 것은 상관도 없는 살만과 에반, 그리고 전열에서 중열로 자리를 옮겨 쉬고 있는 에리카뿐이다.

살만이 두 사람의 주위를 환기시키며 낮게 헛기침하며 율라를 바라본다.

"율라 님, 저들이 말이 좀 많습니다. 경솔하긴 하지만 악의는 없습니다. 그러니 이해해 주시기 바랍니다."

"괜찮습니다."

"저기, 율라 님."

"예?"

그때 한쪽에 잠자코 앉아 있던 현성이 돌연 자리를 박차고 일어선다.

돌발적인 그의 행동에 모두가 깜짝 놀라서 쳐다본다. 현성은 사람들의 시선에 아랑곳하지 않고 전방만 뚫어지게 주시할 뿐이다.

관심을 기울이거나, 혹은 좋아 보이는 풍경도 없는 이곳에서 한곳을 집중해서 쳐다보는 일은 이상한 모습으로 비칠 소지가 다분하다.

그것도 갑작스럽게.

후열을 힐끔거리던 에리카는 현성이 자신들이 느끼지 못한 무언가를 느껴서 저러는 것이라 생각했다.

'몬스터라도 몰려오는 걸까?'

긴장감이 에리카의 등줄기를 타고 빠르게 올라온다.

다들 땅의 주민이 상대하기 쉬웠다고 말하지만 최전방에서 놈들과 부대끼며 싸운 그녀는 매 순간순간 죽음의 위협을 느꼈었다.

찰나의 그 순간에 삶과 죽음이 결정되는 경험은 그것이 아무리 사소한 부분이더라도 심리적인 압박이 될 수밖에 없다.

"현성, 무슨 일인데 그렇게 넋 놓고 서 있어?"

클레흐가 일어나 현성이 쳐다보는 곳을 보다 아무것도 발견하지 못하자 고개를 갸웃하며 그를 본다.

"뭔가가 이쪽으로 오고 있어."

현성이 두 눈을 가늘게 그리며 말하자 앉아 있던 모두가 팅기듯이 일어난다. 한두 사람씩 현성이 느낀 위화감을 느낀다.

"부대, 전투 대열을 갖춰!"

율라의 명령이 떨어지자 전 대원이 일사불란하게 움직인다.

숨소리마저 죽인 채 모두가 전방을 뚫어지게 주시한다.

스윽. 스윽.

빗자루로 지면을 쓰는 소리가 저 앞 통로에서 들려온다.

처음엔 다들 자신의 귀를 의심할 정도로 그 소리는 매우 작았다.

"주, 죽음의 젤!"

누군가 당황한 음성으로 소리치며 께름칙한 표정으로 주춤거린다.

그는 바벨 성 출신 용사였다.

그의 경악에 찬 목소리는 주변에 큰 파장을 일으켰다.

영문을 모른 채 멀뚱멀뚱 서 있는 이들은 지구 출신의 스킬러 나이트들이다.

죽음의 젤.

그 정체가 대체 무엇이기에 죽음도 두려워하지 않던 바벨 성 용사들을 저리 동요시킬까? 멋모르고 서 있던 이들마저 이 분위기에 젖어 덩달아 긴장한다.

"저게 뭔데 다들 놀라는 거죠?"

답답해 죽겠다는 표정으로 클레흐가 묻는다.

율라의 부관인 하칸이 재빨리 설명하며 부대를 후퇴시킨다.

"부, 불사의 몬스텁니다."

"불사? 설마 불사신의 그 불사라고요?"

믿어지지 않는 표정으로 클레흐가 되묻자 국정은 앞으로 걸어가선 바벨 성의 용사를 꼬드겨 빛의 화살을 날리도록 부탁했다.

"저놈들의 성질을 건드렸다간 광폭해집니다."

죽음의 젤을 만났을 때 규칙이 있다.

첫째, 적을 도발하지 않는다.

둘째, 무조건 후퇴한다.

하나 여기서 달아나 봐야 길은 외길이고, 외길 끝은 막혀 있다.

"그럼 어떡하라고? 계속 도망가?"

국정은 기사의 말에 믿기 힘들다는 표정을 짓다 돌연 죽음의 젤을 향해 몸을 날렸다.

자신의 적광검이라면 죽음의 젤이든 뭐든 단숨에 베어 없앨 수 있을 것 같았기 때문이다.

영웅이 한번 되어보겠다는 심산으로.

그의 행동에 바벨 성 출신 용사들이 일제히 소리친다.

이 소리에 걸음을 멈출 국정이 아니다.

자신을 우러러볼 사람들의 시선을 생각하며 녀석은 벌써 들떠 있었다.

현성이 바벨 성에서 줄곧 받던 그 선망의 시선을 자신도 이곳에서 받아보리라.

'이 몸도 한칼 있음을 보여주리라!'

죽음의 젤의 외관은 아무리 뜯어봐도 위험과는 거리가 멀어 보였다.

싸우다 정 안 되면 그때 후퇴해도 늦지 않겠지! 하는 안일한 생각으로 뛰어든 장국정의 광검이 허공을 갈랐다.

"헉!"

"아!"

"심원의 나무시여!"

모두가 두 눈을 질끈 감는다.

성급하고 무지한 자의 만행(?)으로 모두가 몰살당하겠구나 하는 참담한 심정이다.

'뭐지? 이 끈끈한 느낌은!'

죽음의 젤을 벤 국정의 표정이 야릇하다.

분명 몬스터를 벴고 베어지는 것을 목격했다.

한데 벴다는 느낌도 없었고 효과도 없었다.

칼로 물을 벤 느낌이랄까.

그래도 아직 위험하다는 느낌을 국정은 받지 않았다.

국정의 공격을 받은 죽음의 젤이 온몸을 떨어대기 시작했다.

이 떨림은 주변으로 전파되어 놈들 전체가 이와 같은 이상 움직임을 보였다.

파츠츠츠츠츠!

섬뜩한 느낌의 파란 빛이 통로 전체를 장악하기 시작했다.

화들짝 놀란 국정이 뒤로 몸을 날리려 했지만 어찌 된 영문 인지 몸이 따라주지 않았다.

현상은 비단 이뿐만이 아니었다.

입도 벙긋할 수 없었다.

'뭐, 뭐야… 왜 안 움직여!'

"빛의 범위 안에 들어가면 안 돼! 후퇴해라."

"뛰어!"

모두가 뒤도 돌아보지 않고 뛴다.

장국정의 가슴 저 밑바닥에서부터 공포심과 함께 후회가 차오르기 시작했다.

유경험자들의 말을 따랐어야 했다.

그들의 만류를 들었어야 했다.

때늦은 후회만이 국정이 할 수 있는 유일한 자유였다.

"저 녀석을 구해야 해!"

클레흐가 소리쳤고 살만과 에반 역시 그녀와 같은 마음이지만 방법이 없었다.

그때였다, 상황을 묵묵히 지켜보던 현성이 돌연 앞쪽으로 몸을 날린 것은.

"현성 님!"

"헉!"

"안 돼!"

자색의 광검을 뽑아 든 현성이 달려오는 모습에 국정은 감동했다.

원망은 하지 않았지만 용사대의 행동에 그는 배신감까지 느꼈었다.

이 모든 게 자신의 자만과 무모함과 잘난 척하려던 영웅심이 만든 결과였지만.

'저 녀석은 특별하니까… 이놈들도 문제없을 거야. 제발 내게 네 힘을 보여줘!'

스팟!

짐승은 자신보다 더 큰 짐승에게 잡아먹힌다.

빛 역시 자신보다 더 센 빛에 잡아먹힌다.

현성의 자광검은 죽음의 젤이 펼친 빛의 거미줄보다 더 강력했고 위력적이었다.

그 강력함이 국정을 구출하고 죽음의 젤을 소멸시켜 버렸다. 뜨거운 프라이팬 위에 던져진 버터처럼 녹아버리기 시작한 것이다.

샤르르.

"…아!"

"죽음의 젤이… 불사의 저 몸뚱이가 증발하고 있어!"

"여, 역시 신을 베는 검이다!"

사람들의 열광과 관심을 바랐던 국정은 꾸지람의 시선에 점점 작아질 뿐이었다.

# 제54장

죽음의 미로

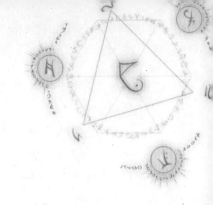

풀 죽은 모양새로 현성에게 조심조심 다가선 국정은 고개까지 푹 숙여가며 자신의 경솔했던 점을 사과했다.

사람들의 경고를 무시했던 녀석의 분별없는 행동은 자칫 용사대의 대참사로 이어질 뻔했다.

다행하게도 사태는 잘 마무리되었지만 그때의 놀란 가슴은 아직도 다들 진정되지 않았다.

국정은 현성이 별다른 기색 없이 자신의 사과를 받아준 이후 입을 굳게 봉해 버렸다.

자숙하겠다는 의미였다.

이리되자 말 상대를 잃은 클레흐도 자연 그 입을 다물게 됐다.

용사대는 언제 끝날지, 그리고 또 무엇이 언제 어디서 튀어

나올지조차 전혀 알 수 없는 미지의 세계로 한발 한발 앞으로 내디뎠다.

각오는 이미 했으나 그래도 그 발걸음이 다들 가볍지 않은 이유는 죽음의 진한 향기를 깊게 들이마셨기 때문이다. 나 아니면 네가 죽을 수 있다는 것을.

저벅저벅.

일직선의 복도에서 처음으로 갈림길이 나타났다.

갈림길은 다섯 개로, 다들 어디로 가야 할지 그 앞에서 갈피를 잡지 못했다.

웅성웅성.

"어느 길로 가야 하지?"

"부대를 나눠서 갈 수도 없잖아. 뭐가 튀어나올지도 모르는 상황에선 더더욱."

무겁고 당황한 분위기를 풀려는지 한 사람이 익살스러운 표정으로 말했다.

"난 오른쪽 길이 마음에 드는데."

"이유는?"

"남자의 육감?"

"크크크."

"하하."

썰렁했지만 그래도 그 남자의 익살에 용사대의 분위기는 한결 가벼워졌다.

난처하긴 용사대의 지휘부도 마찬가지였다.

한참을 심사숙고하던 율라.

드디어 결심했는지 허투루 열지 않던 그 입을 그녀는 진지하게 열었다.

"제 생각은 이미 정했습니다만 그 전에 다른 분들의 의견을 듣고 싶군요."

바벨 성 출신 용사들은 율라의 의견을 따르겠다는 의미로 침묵했다.

지구 출신 용사들에게로 이들의 시선이 고정된다.

"전 율라 님의 의견을 따르겠습니다."

살만이 이리 말하자 에반, 클레흐, 장국정 역시 별다른 이견을 제시하지 않았다.

마지막으로 율라는 현성의 의견을 듣기 위해 그를 본다.

"감사합니다. 그럼 현성 님의 뜻은?"

"저쪽으로 갔으면 합니다."

마치 기다렸다는 듯이 현성이 대답하자 다들 어리둥절한 표정으로 그를 보았다.

"음, 저 길을 지목한 특별한 이유가 있습니까?"

율라가 묻자 모두가 궁금한 표정으로 현성을 본다.

과묵한 사람의 한마디는 제시할 수 있는 근거가 부족해도 그 말을 꼭 따라야 할 것 같은 느낌을 갖게 한다.

현성이 바로 그와 같은 인물이었다.

또한 심원의 나무로부터 인정받은 남자였기에 그에게 특별한 무언가가 있지 않겠냐 하는 기대 심리도 적지 않게 작용한다.

"음… 아뇨, 없습니다."

허무 개그의 끝판왕을 본 듯 다들 멍한 표정에서 한동안 헤어나질 못한다.

율라가 그나마 정신을 수습하여…

"어디로 가야 할지 사실 망설였는데 잘됐군요. 전 현성 님의 의견을 따랐으면 합니다. 다른 분들은?"

전권을 율라에게 맡겼으니 딱히 반발하는 자도 없다.

현성의 대답이 허무맹랑하여 실없는 웃음만 흘릴 뿐이다.

"대열을 구축하라. 방향은 저곳이다."

$$* \qquad * \qquad *$$

피워놓은 불가에서 잠든 용사들이 일제히 귀를 쫑긋 세우며 하나둘 눈을 뜬다.

갓 일어난 자들의 눈빛치곤 다들 매섭고 예리하다.

명령도 없었지만 이들은 알아서 전투태세를 갖춘다.

조용하고 신속하다.

천공의 방패를 앞세우고 빛의 검을 용사대가 뽑는다.

뼈마디 부딪치는 작은 소리가 들리는 방향으로 현성은 시선을 고정한다.

"세 시간도 못 쉰 것 같은데. 쳇."

클레흐의 나직한 불평의 목소리가 현성의 귓가로 파고든다.

그녀와 단짝인 장국정은 죽음의 젤 사건 이후 여전히 과묵

남으로 지내고 있었다.

그 일이 아니었다면 국정의 맞장구가 분명 뒤따랐으리라.

모두의 단잠을 깨운 놈들이 드디어 그 모습을 드러냈다.

"헉!"

"뭐, 뭐야?"

"흉측한 게 꼭 휴스의 성난 마누라 얼굴이랑 닮았군. 쯔읍."

"통탄의 구울보고 그런 유머를 쓰다니 역시 너의 배포는 바
벨 성 최고다, 마크."

"그나저나 저것을 또 어찌 상대한다… 휴우."

적에 대해 모르는 자들은 용사대 중에서 지구인들뿐이다.

놈들이 정체를 알아본 바벨 성의 기사들은 다들 그 얼굴색
이 안쓰러울 만큼 핼쑥해져 있었다.

그래도 유머는 잃지 않는다.

몸의 긴장을 풀기 위한 일종의 사전 체조라고 보아야 할 것
이다.

통탄의 구울이라 불리는 놈들의 외모는 분명 흉측하고 강해
보인다.

"다들 눈을 감고 귀를 막아라!"

율라가 빠르게 소리치며 자신의 광검을 뽑는다.

기다렸다는 듯이 바벨 성 출신 용사들도 자신의 광검을 뽑
았다. 그러자 주변은 삽시간에 녹색의 빛으로 물들었다.

통탄의 구울은 끔찍한 모습의 방패를 갖고 있었다.

그 방패는 인간의 얼굴을 붙여서 만든 것이었다.

소름 끼치도록 고약한 취미가 아닐 수 없었다.

놈들이 인간이 아니니 그럴 수 있다고 치자. 하지만 방패의 재료가 된 그 인간들의 얼굴은 산 자의 그것처럼 표정이 있었고, 더 놀라운 것은 그것들이 일제히 비명을 내지른다는 것이다.

살아 있는 것처럼 말이다.

오싹!

여기 집결한 용사대 개개인의 실력은 산을 쪼개고 강을 가를 만큼 대단한 능력의 전사들이다.

이런 자들이 한둘도 아니고 무려 백 명이나 여기에 포진해 있다.

그러니 저 악취미의 방패는 상대의 화를 돋울 뿐 방패로써의 역할이 전무하다고 봐야 할 것이다, 상식적으로 생각할 때.

끼아아아악!

끄어어억!

두 눈을 질끈 감고 귀를 틀어막은 자들, 영문을 몰라 두 눈을 멀뚱히 뜬 자들을 가리지 않고 방패가 일으킨 요사스러운 현상에 모두가 휩쓸렸다.

"놈들의 방패부터 잘라! 놈들을 제압하기 위해서는 저 방패를 없애야 한다!"

율라가 다시 한 번 소리치며 쏜살처럼 앞으로 뛰쳐나간다.

그러나 그녀의 발걸음은 얼마 가지 못한 채 그 자리에서 온몸을 부들부들 떠는 것으로 멈추었다.

"어, 어머니……."

비통한 표정으로 율라가 그 자리에 서서 울었다.

이러한 현상은 비단 율라만이 아니었다.

용사대 전원이 누군가의 이름을 부르며 괴로운 표정으로 온몸을 부들부들 떨었다.

현성 역시 심적으로 큰 충격을 받은 듯 표정이 기괴하게 일그러졌다.

통탄의 구울.

놈들의 무서운 점은 그 육신의 힘도, 불사의 능력도 아니었다.

놈들의 가장 무서운 흉기는 저놈들이 들고 있는 바로 저 끔찍한 형상의 방패였다.

모든 존재는 자신을 버리면서까지 지키고 싶은 소중한 무언가가 있다.

인연의 사슬에서 벗어날 수 없는 자들의 숙명과 같은 것이다.

저 기괴하고 흉측한 방패는 사람들의 이러한 마음속을 파고들어서 그들의 전의를 무릎 꿇게 만든다.

사람들은 지금 지켜주고 싶은 것들과 대면하고 있었다.

무방비!

이들의 무방비 상태를 틈타서 놈들이 용사대의 머리를 깨부수려 한다.

'민연……?!'

포대기에 싸인 아기를 안고 있는 민연을 현성은 보고 있었다.

그녀의 양옆으로 아연과 희연이도 보인다.

알몸의 그녀들은 전신에 끔찍한 상처가 나 있었고, 그 상처에선 쉴 새 없이 피가 줄줄 흘러내렸다.

그들은 애원과 원망의 표정으로, 고통에 억눌린 신음을 섞어 비수처럼 모진 말들을 그에게 쏟아냈다.

"으으으으."

"흑흑흑."

"크흑!"

사람들은 괴로움에 몸을 떨었고, 어떤 이는 목 놓아 울기까지 한다.

이들은 더 이상 용사가 아니었다. 기사도, 전사도 아니었다.

퍽퍽퍽!

전열의 용사들의 머리통이 깨져 나간다.

그 섬뜩한 파열음에도 사람들은 이를 알아차리지 못한 채 환상에 갇혀 신음만 흘린다.

털썩털썩.

머리통이 깨진 자들의 표정이 오히려 살아 있는 자들보다 편안해 보인다.

절망에서 해방된 듯 다들 자유로워 보인다.

'이것은 환상이다! 거짓이다!'

현성은 자신을 채찍질하며 내심 이렇게 부르짖는다.

츄아아아앙!

이를 꽉 악문 현성이 자신의 광검을 뽑았다.

오직 그만이 흉기를 빼 들었다.

그는 두 눈을 부릅뜬 채 아연을 베고, 희연을 벴다.

민연과 아기는 차마 벨 수 없어 자매의 빈자리를 채운 다른 이들을 베며 자신의 혀를 잘근잘근 씹는다.

선화, 지하, 준희, 민호, 상도… 민연의 아버지 차기수와 그 외 그가 아는 모든 인연을 그는 그곳에서 베고 또 베어 넘겼다.

한 명, 한 명 그렇게 베어낼 때마다 현성의 입술을 비집고 신음과 핏물이 철철 흘러내린다.

마지막으로 그는 민연과 아기 앞에 선다.

베어야 한다, 베어야만 한다 자신을 재촉해 보지만 선뜻 검을 내지를 수 없다.

부들부들.

민연이 안고 있는 낡고 해진, 볼품없는 포대 속 아기의 얼굴이 반쯤 보인다.

아직 제 어미 배 속에 있을 녀석이다. 그 얼굴이 궁금하다. 손가락은 다 있는지, 발가락은 다 있는지, 건강은 한지, 이것이 환상이라는 것을 알지만 어쩜 영원히 볼 수 없을 수도 있는 제 새끼의 얼굴을 이런 식으로나마 간절하게 보고 싶다.

하지만 그리해선 안 될 것 같다는 직감이 그를 두드려 깨운다.

민연의 애원하는 목소리가 그를 괴롭힌다.

스팟!

쩌쩍! 쩌어어어엉!

두 눈을 질끈 내리감은 현성은 눈앞의 환상을 벴다.

상대를 벴지만 그들보다 더 아프고 괴로운 건 현성이었다.

눈앞의 환상이 사라진다.

울컥 치민 눈물이 시야를 뿌옇게 흐린다.

그 눈물을 타고 분노가 끓어올라 온다.

죽여 버리리라, 갈가리 찢어버리리라, 아예 가루로 만들어버리리라.

현성의 내부에서 살심이, 세상을 뒤덮을 거대한 살의가 맹렬하게 일어선다.

쐐애애액.

구울의 둔기가 현성의 정수리를 향해 떨어진다.

일촉즉발의 상황이었다.

다행히 현성은 정신을 차리고 있었다.

'죽어라!'

눈앞의 구울을 단숨에 12등분을 내버린 현성은 용사대를 죽여 나가는 다른 놈들을 향해 기세 오른 범처럼, 상처받은 맹수처럼 돌진한다.

그의 활약으로 용사대 대원들이 하나둘 환각에서 깨어나 정신을 차리기 시작했다.

"뭐지?"

"윽, 머리가 너무 아프네."

정신을 추스른 자들은 현성이 자신들을 지키며 싸우는 것을 보게 되었다.

다들 깜짝 놀라 구울을 상대하기 시작했다.

\*　　　\*　　　\*

미로에 들어선 이후 처음으로 희생자가 발생했다.

죽은 자가 여덟이요, 사지를 잃은 자가 열둘이나 되었다.

사지가 없는 열두 명 중 다리를 잃은 자가 안타깝게도 무려 넷이다.

그들은 자력으로 걷지 못한다.

"미안하다."

율라는 자신을 올려다보는 네 사람을 본다.

"저흰 신경 쓰지 마십시오, 율라 님."

"절대 동료의 짐이 될 수 없습니다. 가십시오. 무운을 빌겠습니다."

감정이 울컥 치민 클레흐는 전진 명령을 내린 율라의 앞을 화난 얼굴로 막아선다.

"저들을 이곳에 방치할 수 없어요. 동료잖아요!"

"압니다."

"알면서 저들을 여기 버려둔단 말인가요? 이곳은 적진이야. 적진이라고! 당신은 지금 저들더러 이곳에서 죽으라고 말하는 거야! 알아? 아느냐고!"

율라의 눈가가 어느새 파르르 떨린다.

미세한 이 움직임을 알아본 사람은 없었다.

그녀의 정면에 선 클레흐 또한 이를 보지 못했다.

클레흐는 지금 너무 흥분해 있었다.

"클레흐, 그만해."

에반이 나서 클레흐를 제지한다.

고개를 홱 돌려 에반을 바라보던 클레흐는 자신을 쳐다보는 사람들의 굳은 표정에 이내 고개를 떨어뜨린다.

'나도 알아. 나도 안다고… 어쩔 수 없다는 거. 하지만 기분이, 기분이 정말 너무 더럽잖아!'

남겨질 네 명의 대원이 입가에 부드러운 미소를 지으며 오히려 클레흐를 위로한다.

고개를 떨어뜨린 클레흐가 옆으로 비켜서자 율라가 걸음을 옮긴다.

클레흐 앞을 스쳐 가던 율라가 한마디 한다.

나직하게 떨리는 목소리였다.

"우리에겐 멈출 수 없는 이유가 있어요, 클레흐 씨."

저벅저벅.

"이동!"

율라가 소리친다, 남겨진 자들의 염원을 양어깨에 걸머지고서.

*　　　*　　　*

통탄의 구울을 시작으로 희생자의 숫자는 전투가 거듭될수록 점점 늘어만 간다.

사명감으로 불타던 용사들의 눈빛 깊은 곳은 이제 그 뜨거움과 크기만큼 억누를 수 없는 슬픔이 똬리를 틀고 들어앉았다.

그러나 그 누구도 그 슬픔 앞에 굴복하지 않았다.

죽어버린, 혹은 죽어가는 전우를 향해 흘려줄 눈물도 말라 버려서 더는 나오지 않는다.

쐐애애액.

팅팅팅!

미로에 사는 몬스터는 몸서리칠 만큼 다양하고 강했다.

정보를 갖고 있어 대처 방법을 세울 수 있는 놈들이 있는가 하면, 정보가 없어서 몸으로 위험에 부딪쳐야 하는 경우도 발생했다.

이렇게 싸워 나가며 경험을 축적하다 보니 대원들은 한 가지 사실을 깨닫게 되었다.

무리가 아닌 단독으로 움직이는 몬스터가 매우 위험하고도 몹시 까다로운 상대라는 체득을.

지금 저 앞에서 용사대를 향해 단독으로 걸어오는 몬스터가 있었다.

두꺼운 검은색 갑주와 투구를 쓴 기사였다.

놈의 몸에선 칙칙하고 음산한 기운이 아지랑이처럼 피어오르고 있었다.

섬뜩하고 위맹하다.

이것이 놈에 대한 사람들의 공통적인 평가였다.

'섬뜩한 놈이다!'

꿀꺽.

"전투태세를 갖춰라."

율라의 명령이 떨어지자 대원들이 즉각 전투태세를 갖춘다.

자신의 위치를 확인하고 동료와의 간격을 살피며 지친 육신을 쥐어짜 내어 이를 투지로 바꾼다.

대검을 바닥에 질질 끌며 등장한 검은 기사가 용사대 전면을 막아선다.

전열의 용사들이 기합을 내지르며 앞으로 놈을 향해 달려나간다.

힘차게 녹색의 광검을 뽑아 든다.

저 묵직해 보이는 대검을 과연 검은 기사는 휘두를 수 있을까? 검의 크기와 길이가 워낙 대단하다 보니 자연스럽게 드는 미심쩍음이다.

쐐아아악.

겉만 그럴싸한 녀석이 아니겠느냐고 내심 희망을 품어보지만 그 일말의 기대는 곧 산산조각 난다.

세 개의 녹색 광검과 검은 기사의 대검이 부딪쳤다.

파지지직!

흉험한 스파크가 튀며 세 개의 광검이 바람 앞의 촛불처럼 꺼져 버렸다.

일검에 광검 세 개를 깨버린 검은 기사의 대검이 역으로 움직인다.

놀란 대원들이 방패를 들었지만 그들의 육신은 방패와 함께 두 동강이 나서 동료들을 향해 날아갔다.

"마, 말도 안 돼! 광검이… 방패가 박살 나다니!"

"제길."

"쟈, 쟈브."

"크흑."

대원들의 얼굴은 삽시간에 핼쑥해졌고, 심정은 절구의 곡식처럼 빻아져 가루가 된다.

부르르.

굳건한 태도로 용사대를 지휘하던 율라 역시 놀라긴 마찬가지였다.

현성 역시 그녀와 별다르지 않았다.

'광검을 부수다니. 대체 저 검은…….'

현성은 안력을 최대한 돋우어 검은 기사의 대검을 살핀다.

앞서 보이지 않았던 것이 눈에 보이기 시작한다. 대검을 감싸고 있는 칙칙한 빛이.

저벅저벅.

검은 기사는 젊고 튼튼한 사자처럼 여유로웠다.

용사대는 누가 먼저랄 것도 없이 황급히 뒷걸음질 쳤다.

이대로 밀려서는 안 된다.

이를 알면서도 방법이 도통 떠오르지 않는다.

그때였다.

"비켜서라!"

사태를 예의 주시하고 있던 살만이 자신의 광검을 뽑아 들고 몸을 날린다.

대원들이 반사적으로 길을 비켜준다.

살만의 적색 광검이 검은 기사의 정수리를 노리고 맹렬하게 내리꽂힌다.

빠르고 정확한 솜씨였다.

하나 그 빠름을 검은 기사의 대검이 간발의 차이로 추월한다.

대검과 적광검이 부딪쳤다.

챠아아앙!

앞서 세 개의 광검을 박살 낸 무시무시한 위력의 대검이다.

과연 살만의 광검은 부서질 것인가, 아니면 버텨낼 것인가.

살만의 광검은 부서지지 않았다.

하지만 압도적인 힘의 차이에 의해서 살만은 사납게 뒤로 날아가 벽에 박히듯 충돌했다.

퍼억.

살만의 입에서 신음과 선혈이 덩어리째 토해진다.

충격이 심한 듯 몸까지 연방 떨어댄다.

놀란 에반과 클레흐와 장국정이 동시에 뛰쳐나간다.

바벨 성 기사들의 광검과 달리 지구 출신 대원들의 광검은 부서지지 않았다.

전력을 다한 듯 보이는 놈의 일검에도 멀쩡했다.

"우리의 검은 놈을 상대할 수 있다!"

에반이 소리친다.

국정과 클레흐는 두 눈을 매섭게 반짝이며 검은 기사를 압박해 들어간다.

정면으로 부딪치는 실수는 범하지 않는다.

검은 기사의 여유롭던 움직임이 갑자기 빨라졌다.

놈은 본능적으로 살만, 에반, 장국정, 클레흐만을 목표로 삼았다.

무거워 보이는 그 몸으로 놈은 한줄기 바람처럼 움직였다.

부상을 정신력으로 찍어 누른 살만이 달려 나와서 놈의 검을 막았다. 뒤로 쭉 밀린 살만의 몸이 다시 한 번 세차게 벽을 들이박는다.

"크흑!"

이를 악물어도 터지는 신음은 어쩔 수 없었다.

살만의 얼굴이 더욱더 새파래진다.

"살만!"

"깡통 새끼가! 으야야야얍!"

국정이 검은 기사를 향해 빠르고 매섭게 내질렀고, 에반이 몸을 굴려서 놈의 뒤로 돌아간 뒤 검을 휘둘렀다.

클레흐는 살만을 도와 놈의 검력을 함께 막았다.

국정과 에반은 이 기회를 놓치지 않기 위해 필사적으로 공격했다.

'됐다!'

공격하는 자들이나, 이를 지켜보는 자들이나 표정에 안도와 희망이 부각된다.

"죽어라! 깡통 새끼야!"

챙챙!

놈의 배후를 공격했던 에반, 상체를 공격했던 국정의 공격이 놈의 대검에 가려 막혀서 뒤로 쭉 밀리고 말았다.

뒤로 세 걸음 미끄러지듯 물러선 놈이 이들 네 사람에게 검을 휘둘렀다.

일대일로 놈의 검을 막을 수 없음은 앞서 뼈아프게 경험했다.

살만, 클레흐, 국정의 검이 한꺼번에 검은 기사의 대검을 막는다.

세 사람은 동시에 신음을 터뜨리며 복도 저 끝으로 나가떨어졌다.

"마, 말도 안 돼!"

에반은 자신의 몸을 뒤덮은 검은 기사의 동체를 보며 흠칫했다.

땅을 짚고 있는 그의 팔이 흔들린다, 동공처럼.

검을 번쩍 치켜든 검은 기사가 이를 아래로 내리긋는다.

두 눈을 질끈 감은 에반은 세상과 이별을 고한다.

이 짧은 순간 그는 자신의 인생을 되돌아보았다.

'잘 있어, 엠마, 미첼, 샬리. 미안해, 정말.'

아내와 아들과 딸에게 그는 이국, 아니, 다른 세계에서 작별을 고했다, 가족들의 웃는 얼굴을 마지막으로 떠올리면서.

아직 운명은 에반의 편이었다.

실눈을 뜬 에반이 위를 본다.

자색의 광검이 검은 기사의 대검을 막고 있었다.

"혀, 현성?!"

"물러서세요, 에반."

까만 눈동자를 무심히 빛내고서 자신을 지켜준 현성에게 에반은 감동했다.

물과 기름이 융화되지 않듯이 저 남자 역시 자신들과는 마치 별개인 것처럼 선을 긋고 있었다. 어떤 이들은 그의 이러한 태도를 오만하고 거만하다며 뒤에서 험담하거나, 혹은 앞에서 무시하는 태도를 보이곤 했다. 에반 역시 그 자신은 아니라고 부정했지만 심리적으로는 대원들의 편에 가까웠다.

에반이 물러선 것을 확인한 현성은 몸을 빙글 돌려서 회피와 이동을 병행하며 검은 기사의 종아리를 노렸다.

검은 기사의 대검이 그의 정수리에 난 머리카락을 자르고 스쳐 지나가는 순간, 현성의 자광검이 검은 기사의 종아리를 벴다.

투카아아앙!

검은 기사의 종아리 절반이 현성의 검에 잘렸다.

처음으로 놈에게 데미지를 입힌 것이다.

'놀랍군.'

후방으로 몸을 훌쩍 날린 현성이 광검을 고쳐 잡더니 검은 기사를 향해 재차 몸을 날렸다.

검은 기사의 중심이 무너졌다.

하지만 완전히 무너진 것은 아니었다.

검은 기사의 대검이 위맹한 파공음을 일으키며 짓쳐 오는 현성을 향해 움직였다.

'이동!'

스팟.

현성의 육신이 가로로 잘린다.

사람들의 착시였다.

현성은 검은 기사의 대검이 짓쳐들어오자 마치 이를 기다렸다는 듯 공간 이동을 통해 이를 피해 버렸다.

현성이 모습을 드러낸 곳은 검은 기사의 등 뒤였다.

단단히 광검을 움켜쥐고 있던 현성은 이를 힘껏 휘둘렀다.

놈의 사타구니에서 정수리까지 현성은 일직선으로 잘라 버린다.

콰콰콰콰콰! 쩌억! 텅텅.

푸슈슈슈슈.

"…아!"

"어, 엄청나군."

"역시 예언의 기사다워!"

"와아아아아!"

위기의 순간 가장 빛나는 남자. 오늘도 그는 이곳에서 동료 전원을 구하고 있었다.

*　　　*　　　*

"몬스터들이 더 강해지는 것 같아요."

벽에 등을 기댄 채 앉아 있는 현성에게 다가온 에리카가 말한다.

평소와 달라진 말투다.

그녀의 얼굴 역시 다른 사람들처럼 지치고 무거운 기색이 드러나 있었다.

"앉아도 돼요?"

현성은 말없이 고개만 끄덕인다.

그의 옆에 자리를 잡고 앉은 에리카는 삼삼오오 모여 앉은 사람들을 흘끔 바라보며 바닥으로 흔들리는 시선을 던진다.

"앞으로의 일이 부담스럽지 않나요?"

"부담을 느껴야 하나?"

너무나 나직했기에 에리카는 그의 말을 제대로 알아듣지 못했다.

"예?"

"낯설군."

"……?"

"네 표정과 말투."

"아! 나도 어울리지 않는 옷을 입은 것 같아요. 하지만 당신을 인정하기로 마음먹은 이상 그에 대한 예우를 해주기로 결심했어요. 듣기 싫나요?"

"편할 대로."

"많이들 죽었네요. 휴우, 이쪽 세계나 저쪽 세계나 죽음이 너무 가까이 있는 것 같아요."

"전쟁이니까. 내게 볼일이라도 있나?"

"아뇨, 누군가와 말하고 싶은데 말할 상대가… 당신밖에 생각나지 않더라고요. 우습죠, 우리 사이에."

신경 쓰지 않는 척하면서도 대원들은 두 사람을 힐끔힐끔 쳐다보았다.

그러다 현성과 눈이 마주치면 놀란 토끼마냥 도망치듯이 시선을 황급히 돌려 버린다.

저쪽에선 율라를 중심으로 용사대의 핵심 인사들이 모여 앉아 향후 대책을 논의 중에 있었다.

"그렇군."

"당랑거철이란 말을 아세요?"

《장자(莊子)》의 인간세편(人間世篇)에 나오는 고사로, 뜻은 자기 분수도 모르고 무모하게 덤비는 것을 비유적으로 이르는 말이다.

"여기 있는 이들이 약해 보이나?"

"그렇게 생각하진 않아요. 우리가 할 수 있는 최선의 선택이 고작 이것뿐일까라는 생각에서 그냥 푸념 한번 해봤어요."

낙담인가? 두려움인가?

지금 이 상황에서 그게 무슨 상관이랴. 자신 역시 그녀와 같은 처지고 입장인데.

다리를 끌어안은 에리카는 자신의 무릎에 옆얼굴을 대며 그에게 말한다.

"부탁 하나만 들어줄래요? 만약 당신이 살아서 지구로 돌아간다면… 음, 제 여동생에게 제가 많이 사랑했다고, 버려서 미안했다고 전해주시지 않겠어요?"

"가능하다면."

미로에서의 거듭된 악전고투를 겪으면서 현성이나 용사대
나 자신들이 맡은 임무의 위험성을 뼈저리게 실감하고 있었다.

악신의 문지기에 불과한 몬스터가 이리도 강한데 당사자인
악신의 능력은 어떠하겠는가.

하나 현성은 포기하지 않았다.

그리고 에리카가 자신에게 부탁했듯 누군가에게 자신의 마
음을 대신 전해달라는 부탁 역시도 하고 싶지 않았다.

그 부탁을 하는 순간 자신을 지탱하고 있는 버팀목이 깨져
버릴 것 같아서였다.

'나는 좌절하지 않을 것이다.'

자기 자신에게 현성은 이처럼 최면을 건다.

# 제55장

악신의 궁

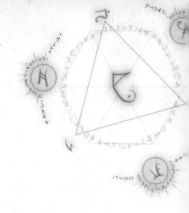

단정하고 당당했던 용사대의 몰골과 마음은 어느새 피폐한 패잔병의 몰골을 하고 있었다.

이는 어쩔 수 없는 노릇이다.

이곳은 인간이 살 수 없는 지옥 중의 지옥이기에.

휴식이 절실히 필요하지만 거대한 미로는 한결같은 환경만 이들에게 제공해 줄 뿐이다.

하아… 하아.

하얀 입김이 서른 명의 입에서 동시에 일제히 뿜어진다.

"갑자기 기온이 왜 뚝 떨어진 거지?"

"그러게. 담요라도 둘러야겠어."

모퉁이 하나를 돌았을 뿐인데 기온이 갑자기 뚝 떨어졌다.

좋은 징조인지, 나쁜 징조인지 생각하는 것도 이 추위 앞에 서는 힘들다.

여기다 누적된 피로는 납덩이가 되어 모두의 머릿속에 들어앉아 있었다.

"심상치 않군요."

거대한 위험을 예고하는 예고편이 아닐까 싶다.

에반이 침중한 기색으로 전방을 주의 깊게 살핀다.

"클레흐 씨와 장국정 씨가 전열에 가주셔야겠습니다."

율라의 부탁이 떨어지기 무섭게 두 사람은 자보, 루도와 교대했다.

용사대의 숫자가 줄어들다 보니 처음 삼 열을 유지했던 대열이 지금은 이 열로 줄어들었다.

전력의 공백을 메우기 위해서 현성의 밀착 경호 임무를 맡은 이들이 교대로 전열에 배치됐다.

율라와 살만, 이 두 사람만 현성의 좌우를 떠나지 않고 지키고 있었다.

"식량과 물도 거의 떨어져 가는데 앞으로의 일이 더 걱정입니다."

살만이 나직한 한숨과 함께 말한다.

대거 발생한 희생자들이 남긴 물자가 있어 그나마 굶주림과 갈증을 해소할 수 있었다.

문제는 지금 갖고 있는 물자가 떨어질 경우다.

그렇지 않아도 힘겨운 싸움을 해나가는 입장에서 먹지도,

마시지도 못한다면 이는 최악의 상황이 아닐 수 없었다.

나직한 침음을 흘리며 율라는 지쳐 있는 대원들을 본다.

어쩌면 정신과 신체가 약해진 대원들을 버려야만 하는 잔인한 결정을 내려야 할지도 모른다.

임무를 위해서라는 미명하에… 전우를.

*     *     *

추위는 갈수록 더 심해졌다.

짐이 될까 싶어 버리고 온 담요에 대한 갈망을 모두가 떨리는 몸으로 표현한다.

이제 와서 왔던 길을 되돌아가서 죽은 이들의 담요를 가져올 수도 없는 노릇이다.

추위 속의 강행군 닷새째.

우려했던 대로 식량이 떨어지고 말았다.

식수는 장국정이 기지를 발휘하여 충당했다.

세상에서 제일 맛이 없는 물이었다.

이 물도 그 양이 많지 않았다.

샤륵… 샤륵.

무리의 선봉을 맡고 있던 하칸과 에반이 긴장된 신색으로 동시에 걸음을 멈춘다.

전방을 주시하는 두 사람의 동공이 점점 확장하기 시작한다.

"무슨……?"

한 대원이 묻자 이를 손짓으로 저지하는 하칸.

미세한 마찰음이 앞쪽에서 들려온다.

하칸과 에반이 앞서 들었던 바로 그 소리였다.

명령이 없어도 이젠 다들 알아서 전투태세를 갖춘다.

추위와 배고픔으로 체력은 고갈 상태였지만 두 손 놓고 앉아 죽을 수는 없었다.

용사대 앞으로 백발 머리의 여인들이 나타났다.

샤르륵 하던 소리는 저 여인들이 입고 있는 치마가 바닥에 끌리면서 나는 소리였다.

여자들은 몹시 긴 손톱을 갖고 있었다.

30센티미터쯤 되어 보인다.

그 외 다른 무기는 없다.

하지만 쉽게 그들에게 접근할 수는 없었다.

"무리 지어 온 걸 보면 무난하려나?"

"두어 가지 요소만 빼면 사람과 다르지도 않네."

"그러게. 말은 할 수 있을까?"

대원들이 웅성거린다.

여자들의 겉모습은 저 긴 손톱만 아니면 그리 위험해 보이지 않았다.

하칸이 방패를 앞세우며 큰 목소리로 묻는다.

"사람이냐? 몬스터냐?"

에반은 만일의 사태를 대비하여 언제든 하칸을 도울 수 있도록 만반의 갖추고 있었다.

그리고 이들의 뒤를 대원들이 받쳐 주었다.

백발의 여자들은 하칸의 물음에 대답하지 않고 말없이 미끄러지듯 양옆으로 길을 터주었다.

이제까지 만난 존재들과는 다른 확실히 별스런 행동이었다.

샤륵샤륵.

얼음으로 만든 왕관을 쓴 여자가 미끄러지듯 앞쪽으로 걸어 나왔다.

여자는 하칸과 에반을 시작으로 대원들을 관찰하듯 응시했다. 탐탁지 않다는 느낌이 그녀의 행동에서 묻어나고 있었다.

그러던 여자의 태도에 변화가 발생했다.

여자가 미끄러지듯 앞으로 걸어 나온다.

특이한 걸음으로.

하칸과 에반이 방패를 앞세우며 동시에 광검을 뽑아 들었다.

뒷전의 대원들도 광검을 뽑는다.

현성만 바라보고 걸어오던 여자가 걸음을 멈추더니 아래로 축 늘어뜨렸던 손을 위로 쳐들었다.

저 행동에 무슨 의미가 있는지 대원들은 짐작할 수 없었다.

아주 짧은 순간…

"헉!"

"뭐, 뭐지!"

"크흑!"

한기의 폭증과 쇄도.

침착한 태도로 상황을 주시하던 율라와 살만조차 이 현상에 경악했다.

뒤늦게 몸을 움직여 보려 했지만 한기의 침입으로 대원들의 몸은 그 자세 그대로 꽁꽁 얼어버렸다.

다들 아차 싶은 표정으로 그렇게 얼음 동상이 되고 말았다.

현성만 이 상황에서 유일하게 무사했다.

스팟.

현성의 신형이 그 자리에서 감쪽같이 사라진다.

예의 그 신비의 여인과 그녀의 무수리 같은 여인들의 입에서 당황한 분위기가 표출된다.

현성이 다시 모습을 보였다, 자신의 광검을 뽑아서 왕관을 쓴 여인의 목에 붙인 채.

"사술을 풀어라!"

나직하지만 거부할 수 없는 목소리로 현성이 여인을 위협한다. 한데 여자는 놀라기는커녕 도리어 이 상황을 매우 흡족해하는 것 같았다.

입가에 머금은 저 미소를 통해서 느껴진다.

도리도리.

여자는 거부했다.

"죽이겠다!"

위협이 아님을 상대에게 확인시키기 위해 현성은 광검을 밀어 넣었다.

여인의 목이 조금 베였다.

더 깊이 밀어 넣지는 않았다.

목적은 얼음 동상이 되어 버린 동료들의 해방이기에.

'인간이 아닌가?'

상처를 받으면 응당 피를 흘려야 한다.

이제껏 만난 모든 몬스터가 피를 흘렸었다.

한데 눈앞의 이 여자는 피 한 방울, 인상 한 번 찡그리지 않았다.

끼아아아아아악!

끼에에에에에엑!

여자의 부하들이 일제히 괴성을 터뜨렸다.

마비를 부르는 소리였다.

이에 현성은 광검을 더욱 목 안쪽으로 밀어 넣으려 했다.

그때 왕관을 쓴 여자가 길게 휘파람을 불었다.

이 소리에 흥분했던 여자들이 입을 닫더니 조신한 모습으로 일제히 물러서기 시작했다.

이들의 모습은 곧 현성의 시야에서 사라졌다.

대체 뭘 하려는 수작일까.

앞서 만났던 공격 일변도의 몬스터들과는 확실히 구분되는 태도였다.

여자의 은색 눈이 현성의 눈과 허공에서 얽혔다.

그 순간, 놀라운 일이 벌어졌다.

좁고 황량한 통로가 사라지고 그 자리는 꽃이 끝없이 펼쳐진 들판으로 바뀌었다.

매섭던 추위도 거짓말처럼 사라져 버렸다.

현실과 비현실의 경계를 구분 짓는 것은 더 이상 무의미하다.

이 현상을 그대로 받아들일 뿐.

'마… 법인가? 놀랍지도 않군.'

얼음으로 만든 왕관을 쓴 백발 여인의 모습이 변한다.

하얀 머리칼과 피부.

전신에서 뿜어지던 섬뜩한 한기가 말끔히 사라진다.

자신의 모습을 완전히 탈바꿈한 여인이 맑고 영롱한 눈빛을 발산한다.

"부동, 오랜만이에요."

여자는 눈물을 흘렸다.

그것은 슬픔이 아닌 기쁨을 닮아 있었다.

이 상황을, 그리고 여자의 태도를 현성은 진심으로 이해할 수 없었다.

여자는 제 목을 언제든 댕강 잘라 버릴 수 있는 현성의 검을 무시한 채 앞으로 손을 뻗었다.

그 손짓이 참으로 애처롭다.

'뭐지? 대체 이 울렁거림은 뭐냐!'

이해할 수 없는 묘한 감정이 현성의 무의식 깊은 곳에서부터 술렁거린다.

내부에서 발생한 이 소요는 완고한 현성의 마음을 뿌리부터 뒤흔들었다.

그는 그럴 의도가 전혀 없음에도 저도 모르게 검을 거두고 말았다.

시시때때로 사람은 자신이 이해할 수 없는 감정에 휩쓸리고, 그 감정이 비이성적인 행동으로 나타날 때가 있다.

지금의 현성이 바로 그와 같았다.

여자는 이를 당연하게, 그리고 몹시 기쁘게 받아들였다.

현성은 자신을 들여다보듯이 지그시 응시하는 여자를 향해 입을 뗐다.

그녀와는 왠지 싸워서는 안 될 것 같다.

"다른 누군가와 날 착각한 게 아닌가?"

"억겁의 시간이 흐른다 해도 어찌 제가 당신의 부동심의 향기를 잊고 착각할 수 있겠어요."

현성은 제 마음속의 소요가 머릿속까지 올라온 듯했다.

단연코 이와 같은 경험은 처음이었다.

"이해할 수 없는 말로 나를 혼란스럽게 하는군. 좋아, 누구나 자신만이 할 수 있는 기술이 있으니까 그런 것으로 치부하도록 하지. 지금의 너에게선 싸울 의지가 안 보인다. 맞나?"

감성과 이성이 저 여자로 인해 흔들린다.

그럼에도 자신을 꿋꿋이 지킬 수 있는 그의 이 힘은 어릴 때부터 다져온 수련의 힘이었다.

"당신의 무심함은 그때나 지금이나 변함이 없군요, 부동."

여자는 몹시 슬퍼했고 안타까워했지만 그래도 웃어주었다.

그럼에도 그 웃음이 밝게 여겨지지 않는 건 처연한 그 감정들이 빗물처럼 그녀의 웃음에 녹아 있었기 때문이었다.

'정신 차려라!'

현성은 자신을 채찍질했다.

헝클어진 마음과 머릿속을 재빨리 수습하려고 노력했다.

"내 이름은 부동이 아니다. 선우현성이다."

"그런가요? 그렇군요. 당신은 아직… 존재의 각성을 완성하지 못했군요."

아쉬움과 실망, 그리고 허탈감이 가시 박힌 옷이 되어 여자를 감싼다.

그 모습이 안돼 보인다.

자신도 모르게 앞으로 나아가려는 위로의 손을 현성은 힘을 주어 잡아 세웠다.

불끈 쥔 그의 주먹은 피가 통하지 않아 백지장이 된다.

이상하다.

이 이상함에는 분명 원인이 있을 것이다.

그 원인을 찾아야 하지 않을까? 자신보다 자신을 더 잘 아는 듯 행동하는 저 여자에게 허심탄회하게 물어보는 게 낫지 않을까.

하지만 그럴 시간이 없다.

악신을 베고, 미지수의 결과물에 자신을 던져야 한다.

그것이 자신이 원하던 결과가 설사 되지 못하더라도 지금은 오직 그 하나만을 생각하자.

현성은 자신의 상태를 부정하고 외면했다.

"단 하나뿐이던 나의 간절한 소망을 이루었으니 제 고집과 탐욕이 부른 이 불행을 짊어지고 떠날게요, 부동, 아니, 현성

님. 당신 앞에는 무척이나 혼탁한 어둠이 기다리고 있답니다. 자기 자신을 찾으시기 바랍니다. 그 길만이 당신에게 씌인… 벗어날 수 있어요."

그녀가 말하는 것은 악신 케찰코아틀루스일까? 어쩜 그녀에게서 놈에 대한 정보를 얻을 수 있지 않을까.

놈에 대해서, 이곳의 정보가 전무한 지금 대화가 가능한 이 여자를 닦달한다면…

생각은 가져 보지만 그의 몸이 이 생각을 거부한다.

여자는 말을 이어나갔다, 미소를 잃은 처연한 표정으로.

"당신의 그 무심 아래 역동을 알아보는 이가 또 있을까요? 그런 이가 하나라도 있다면 좋겠어요. 당신은 외로운 존재. 부디 나로 인해 쌓인 그 업보를 씻어 당신의 자리로 당당히 돌아가기를 바랄게요. 고집과 탐욕의 길을 선택한 어리석은 자의 마지막 바람이랍니다. 안녕, 나의 소중한 왕이시여."

"그게 무슨!"

휘류류류릉.

따뜻하고 아름다운 들판이 신기루처럼 사라지고 다시 이전의 그 황량하고 추운 어두운 통로로 환원한다.

한여름 밤의 꿈처럼.

욱신.

'뭐지, 이 기분은…….'

착잡한 심정이다.

꼭 붙잡아야 할 것을 제 스스로 버려 버린 것 같다.

"컥!"

"허억, 헉!"

"뭐, 뭐지?"

"으으으."

얼음으로 빚어진 동상이 되었던 사람들이 본래의 모습으로 돌아와 다들 힘없이 풀썩 주저앉는다.

그러곤 다들 심각한 표정으로 서 있는 현성을 본다.

벽을 짚고 에리카가 일어선다.

"현성 씨, 무슨 일이에요? 그 요물들은……."

모두가 그에게 묻고 싶은 질문이었다.

현성은 고개를 내저으며 왠지 모를 공허한 목소리로 말했다.

"이겨낸 것 같아."

무엇을 이겨냈을까? 자신이 말하고도 알 수 없는 현성이었다.

백발의 여인들이 다시 한기를 몰고 용사대 앞으로 미끄러지듯 다가왔다.

두 번 다시 당하지 않기 위해서 모두가 자신의 광검을 뽑아 든다.

현성만이 묵묵한 눈으로 그녀들을 바라볼 뿐 그 자리에서 꿈쩍도 하지 않았다.

사람들이 달려 나가려 하자 현성이 이를 제지했다.

그러곤 여자들이 서 있는 곳으로 홀로 걸어 나갔다.

"위험해요!"

"현성 씨!"

이들의 말을 무시한 채 앞으로 걸어간 현성이 걸음을 멈추자 백발의 여인들이 서로의 손을 맞잡더니 거센 눈보라를 일으킨다.

몰아치는 강력한 눈보라를 맞아 버티는 사람들. 하지만 어찌 된 일인지 눈보라와 가장 가까이에 서 있는 현성은 머리카락 한 올 휘날리지 않았다.

거셌던 눈보라가 응축되어 주먹만 한 결정이 되었다.

그 결정이 통로 끝으로 날아가 동굴을 만들었다.

용사대는 처음으로 미로에서 전혀 다른 시설물(?)을 볼 수 있었다.

"저게 대체?"

"무슨 일이 발생한 거야? 저 동굴은 뭐냐고!"

백날 떠들어 봐야 무슨 소용이랴.

현성은 저 얼음 동굴이 거대하고 복잡한 미로에서 벗어날 수 있는 지름길이란 느낌이 들었다.

하긴 저 길 외에는 되돌아가는 길뿐이다.

처음부터 다시 시작할 수는 없는 노릇이다.

"가죠."

현성이 앞장서서 걷는다.

짠한 마음을 남긴 채.

저벅저벅.

\*　　　\*　　　\*

몹시 굶주린 어둠이 아가리를 쩍 벌리고 있었다.

위험한 이 어둠 위로 한 사람이 겨우 걸을 수 있는 넓이의 돌다리가 걸쳐져 있었다.

이 다리의 끝에 무엇이 있는지 맞은편에서는 보이지 않았다.

앞의 격전으로 창공의 방패는 그 힘이 다해 비행 능력을 상실했다.

그렇지 않았다면 좋았으련만.

사람들은 이 다리 끝에 자신들이 원하던 적이 있을 것이라 예감한다.

예감에 근거 따위는 존재하지 않는다.

논리적 추론? 개뿔이다.

털썩털썩.

바짝 긴장했던 사람들은 고갈된 체력을 회복하기 위해 약속이라도 한 듯 일제히 그 자리에 주저앉았다.

배고픔이 빠르게 몰려온다.

뭐라도 먹어야 싸움을 할 텐데, 주변을 둘러보니 보이는 것이라곤 바위와 부서진 바위의 잔해가 고작이다.

사냥감도 없고 과실수도 없다.

수통에 남은 물을 모두 빈속에 들이붓는다.

벼랑 아래를 내려다보고 있는 현성을 향해 율라가 걸어온다.

"현성 님, 이걸 드세요."

율라가 내민 것은 식량 주머니였다.

그를 위해 모두가 십시일반의 마음으로 보관해 둔 것이다.

겸양을 떨어야 할까? 아니면 모두 함께 나누어 먹자는 감동적인 장광설을 늘어놓아야 할까? 현성은 그러질 않았다.

우적우적.

저들의 마음은 힘내서 악신을 반드시 베는 것으로 보답한다.

휴식을 취한 현성과 용사대는 좁은 다리 위에 발을 딛는다.

아래서 불어오는 세찬 바람을 맞으니 걷기는커녕 서 있기조차 버겁다.

"건너편에서 봐요."

율라가 결의에 찬 목소리로 말한다.

그녀의 격려를 들으며 용사대는 걷는다.

한발 한발 지뢰밭을 걷듯 정신을 집중한다.

100미터쯤 전진했을 때다, 후방에서 몬스터의 성난 포효가 들려온 것은.

용사대의 표정이 일그러진다.

건너편은 짙은 어둠과 안개로 인해 보이지 않는다.

이 외다리가 어디까지 뻗어 있는지 모르는 지금 상황에서 흉포한 저 몬스터 떼를 방치할 수는 없다.

용사대의 무게를 버티는 것이 이 돌다리의 한계인 상황에서.

"저희가 후방에서 다리를 사수하겠습니다."

"먼저 건너가 계십시오."

자보와 루도는 결연한 표정으로 소리치며 몸을 돌린다.

그들은 몬스터가 몰려오고 있는 후방으로 달려 나갔다.

선두에서 걷고 있는 현성, 살만, 에반, 에리카, 클레흐, 장국정, 율라, 하칸을 제외한 모두가 격려의 말을 남기고 이 둘을 쫓아갔다.

"멈추지 말고 움직여요!"

무거운 마음으로 율라가 소리친다.

그녀에게 저들은 가족이었다.

그 가족을 사지에 남긴다.

비통하다.

그러나 이 감정에 휩쓸려 임무를 포기할 수는 없다.

그 어떤 희생을 치르더라도 반드시 완수해야 할 사명이기에.

현성을 시작으로 멈춘 걸음을 다들 옮긴다.

가시밭길을 맨발로 걷는 뼈아픈 심정으로 끝없는 돌다리를 걷는다.

*       *       *

우지직, 와르르르.

돌다리가 무너져 어둠에 빨려든다.

몬스터의 포효가 심연의 어둠 속에서 광포한 바람과 함께 올라온다.

기다렸던 자들은 단 한 명도 돌아오지 않았다.

슬픔과 무력감이 몰려든다.

사람들은 이 순간 서로에게 단 한마디의 말도, 눈길도 주지 않았다.

홀로 슬픔과 괴로움을 꼭꼭 씹어 삼켰다.

출구 없는 뫼비우스의 띠처럼 영원할 것만 같던 미로가 끝이 났다.

이제 저 거대한 청동의 문을 열어젖히면 된다.

안녕, 92명의 정의로운 용사들이여.

스르륵.

미끄러지듯 열린 문 안으로 무거운 걸음을 옮긴다.

당장 공격은 없었지만 방심할 수는 없었다.

저벅저벅.

안쪽으로 더 걸어 들어가자 눈앞에 놀라운 장면이 쭉 펼쳐진다.

줄지어 늘어선 섬뜩한 모습의 백골 기둥.

이 기둥에서는 쉴 새 없이 음산한 소리가 흘러나왔다.

울부짖음조차 허락받지 못한 자들의 꺽꺽 앓는 소리였다.

"으음, 제 발로 지옥으로 걸어 들어가는 기분이군."

잔뜩 굳은 표정의 장국정이 감상평을 내놓았다.

"악랄함에 있어 궁극의 정수를 보는 것 같군. 저따위 취향의 녀석 면상에다 제대로 검을 푹 꽂아주고 싶어지네. 빠드득."

"흐흐. 후끈 달아오르나 보네, 클레흐."

"그래, 너무 달아올라서 온몸이 터져 버릴 것 같네."

가슴 저 깊은 곳에서 격정의 감정이 치솟아오른다.

살아 있기에 느끼는 감정이다.

사람들은 생각한다.

대미를 멋지게 장식할 수 있을지를.

"감상평 끝났다면 움직이는 게 어때? 악신 녀석 면전에서 배고파 쓰러지는 꼴은 보이고 싶지 않으니까."

살만이 그답지 않게 날 선 어조로 말한다.

에반이 피식거리며…

"갑자기 맥주와 소시지를 먹었으면 좋겠다는 생각이 미친 듯 드네요, 살만. 하하."

"에반에게 세뇌됐나? 에반이 말한 그 맥주와 소시지를 먹고 싶어지네. 배가 고파서 더 그럴까나?"

긴장감을 풀어보려는 사람들의 노력에 감동한 듯 근엄하고 용맹스러운 무뚝뚝한 사나이 하칸도 한 손 거든다.

그러자 장내의 살벌한 풍경으로 무거워졌던 사람들의 긴장된 마음이 크게 누그러들었다. 배고픔은 여전했지만.

율라가 현성과 어깨를 나란히 하며 말을 걸어온다.

"몸 상태는 어때요?"

"나쁘진 않습니다."

"이런 말이 도움이 될지는 모르겠지만… 긴장하지 말아요."

현성의 표정을 보노라면 누구라도 이런 생각을 할 것이다.

긴장과는 담쌓고 지내는 철혈의 냉정남이라고 단정하리라, 겉으로 드러난 그의 모습만 평가할 때.

"그러죠."

"당신은 굳센 사람 같아요. 어떤 일에도 흔들리지 않을 그런 사람 있잖아요."

현성이 걸음을 멈춘다.

율라의 말에 상처받아서 그런 것이 아니다.

그의 시선을 사로잡고 있는 것은 지금의 살풍경과 전혀 어울리지 않는 푸짐한…

"뭐야? 저 음식상은!"

두 눈을 휘둥그레 뜨며 제 볼을 꼬집는 클레흐.

모두의 걸음을 멈추게 한 그것은, 현성의 시선을 사로잡아버린 그것은 놀랍게도 음식이었다.

착시도, 신기루도 아닌 현실!

꼬르르.

음식을 눈앞에서 보고 이를 냄새 맡자 모두의 위장은 고삐 풀린 망아지처럼 흥분하여 날뛰었다.

꿀꺽.

"저거 먹어도 될까? 악신 녀석, 치사하게 독 같은 거 넣지는 않았겠지?"

장국정의 마음은 벌써 음식상 한쪽에 자리 잡고 있었다.

모두가 홀린 듯 어느새 음식상 주변에 모여 음식을 내려다본다.

합창하듯 모두 침을 삼킨다.

"쓰읍, 먹고 죽은 귀신은 때깔도 좋다던데."

잔뜩 침이 고인 소리로 에반이 말한다.

옆에 서 있던 에리카는 품에서 은침을 꺼내어 신속하게 음식을 일일이 찔러본다.

그 결과.

"독은 없는 것 같아요."

굶주림은 고고한 선비조차 남의 집 담장을 넘게 만든다.

이들이 음식을 먹지 못한 지 벌써 닷새째였다.

거창한 사명감과 굳센 의지로 다들 버티고 있었지만 서서히 한계에 도달해 있었다.

먹지 않고 살아갈 수 없고, 먹지 않고 힘낼 수 있는 생물도 없다.

사람들은 망설였다.

서로 눈치를 살핀다.

먼저 저 음식을 집어 들면 악신에 굴복해 버린 하찮은 녀석이 될까 봐서.

이때 하칸이 행동했다.

닭다리 하나를 단숨에 쭉 찢더니 이를 입으로 가져가 한 움큼 베어 문다.

"하, 하칸, 미쳤어요!"

"그만둬요, 하칸."

"위험할지 몰라요."

"아무리 배가 고파도 그렇지 악신 녀석이 무슨 짓을 했을지도 모를 음식을……."

꼬르르.

하칸은 콧방귀도 뀌지 않고 꿋꿋하게 먹는다.

오물거리는 그의 입에서 뼈가 튀어나와 바닥에 떨어진다.

"……!"

"……?!"

꿀꺽.

사람들은 두 눈을 일제히 동그랗게 뜬 채 한참 동안 하칸의 상태를 예의 주시했다.

째깍째깍.

5분… 10분… 30분… 한 시간! 인내의 한계였다.

"하칸, 괜찮아요? 몸이 가렵다거나, 아니면 따끔거린다거나, 혹은 어지럽다거나 하는 증상 없어요?"

자신의 얼굴을 하칸에게 들이밀며 클레흐가 묻는다.

하칸의 입 주위에 묻은 닭기름과 닭 냄새가 그녀를 미치게 한다.

인류의 구원, 차원계의 평화는 반드시 이룩해야 할 일이지만 그 전에 굶어 죽을 수도 있다.

그러니 기괴한 환경과 맞지 않는 저 음식들을 외면할 수만은 없었다.

변명이라면… 변명이지만.

"괜찮은 것 같습니다."

자신을 던져 음식 상태를 검증한 하칸이 확신한다.

"에라, 나도 모르겠다. 이거 먹고 죽음 악신, 그 새끼는 진짜 진짜 치사한 새낀 거야!"

국정이 버럭 화를 내더니 불쾌한 표정으로 음식을 입안으로 쑤셔 넣는다.

그의 표정은 목구멍으로 음식이 넘어가면서 놀랍도록 빠르게 풀어졌다.

대원 중 두 명이 음식을 먹자 다른 이들도 더는 참지 못한 듯 하나둘 식탁 주위로 몰려들었다.

현성과 율라만이 미심쩍은 표정으로 제자리에서 움직이지 않았다.

나직한 신음과 함께 살만이 율라를 돌아본다.

"우리가 할 수 있는 모든 방법을 동원해서 음식은 검증했습니다. 힘든 싸움을 앞에 두고 굶주린 채 싸울 수는 없지 않겠습니까?"

"고마워요, 살만 님."

율라도 음식을 집어 든다.

그녀의 표정이 복잡하다.

죽은 동료들이 한 명 한 명 망막에 스친다.

'이건 음식이 아니다. 그들의 염원이다!'

율라까지 음식에 손을 대자 남은 사람은 현성이다.

다른 이들과 달리 그는 대원들이 비상시를 대비해 모아둔 음식을 먹었다.

배가 부를 양은 아니었지만 다른 이들보단 형편이 나았다.

허겁지겁 음식을 집어 먹다가 이런 제 모습이 웃긴지 허리까지 젖히며 웃던 클레흐의 눈길에 현성이 서 있다.

입안에 든 음식을 꿀꺽 삼킨 그녀는 미안한 표정으로 몸을 뒤집으며…

"사는 게 참 치사하지? 현성 씨. 후훗."

"자존심 상할 일은 아니라고 봅니다."

"딱딱하긴. 그냥 화날 때처럼 막 말해도 난 괜찮은데."

"으음, 전에 화냈던 건 사과드리죠."

"안 그래도 되는데. 와서 좀 먹지? 꼴에 놈도 신이라 불리는 존재잖아. 설마하니 이런 치졸한 방법으로 인간을 기만하지는 않을 것 같은데."

머쓱한 표정으로 현성의 시선을 피하며 권해보는 클레흐다.

그때였다, 손뼉을 치며 누군가가 다가온 것은.

사람들의 표정에 긴장과 경계심이 떠오른다.

자리에서 일어난 이들이 전투태세를 갖춘다.

남자가 걸음을 멈춘다.

푸르스름한 머리카락을 바닥까지 길게 늘어뜨린 훤칠한 외모의 미남자였다.

그 모습은 마치 순정 만화의 주인공을 보는 듯했다.

스스스.

"식사는 맛있게 하셨는지 모르겠군요. 후후."

남자의 목소리는 아름다운 얼굴만큼이나 훌륭했다.

만약 저 목소리로 노래한다면 이 세상의 모든 여자가 그에게 빠져들지 않을까 싶다.

"그렇게 경계하실 필요는 없습니다. 지금 당장 당신들을 어찌할 생각은 없으니까요."

율라가 앞으로 나선다.

"당신이 케찰코아틀루스인가요?"

주적을 만난 것일까! 사람들의 신경이 팽팽하게 당겨진다.

"그럴 리가요. 후후."

# 제56장
악천사!

꿈에도 생각하지 못했다.

인간을 증오하는 자의 거처에 인간이 버젓이 있으리라곤.

남자는 자신의 이름을 겸손한 태도로 밝혔다.

그의 이름은 록스.

그는 상냥하고 친절한 목소리로 용사대에게 제안했다.

새로운 질서 창조에 동참하지 않겠느냐는 내용이었다.

"인간이면서 어째서 악신의 만행에 동참하는 건가요?"

"인간을 죽이면 만행입니까? 그럼 반대로 생각해 보세요. 인류가 자신의 이익을 위해서 멸종시킨 수많은 생명체를 말입니다. 그들에게는 인류나 악신이나 다를 바 없지 않을까요? 지금의 세계는 인간에 의해 생명체들 간의 균형이 급속도로 무너지고 있습니다. 이 시대는 균형이 절실히 필요한 시대입니다. 특히 지구의 세계에서 오신 분들이라면 제 말을 이해하시리라 봅니다."

록스의 말을 억지 궤변으로 몰아붙이기에는 그간 인류가 저지른 잘못을 돌이켜 볼 때 무리가 있다.

약한 생명을 짓밟고 그들의 터전 위에 자신의 문명을 일으킨 인류가 아니던가.

그 쓰러져 가는 자들을 향해 인류는 마치 세상의 지배자라도 되는 듯 적자생존을 역설했다. 자신의 행위에 정당성을 부여해 버렸다.

악신 케찰코아틀루스는 어쩜 사라져 간 수많은 생명의 염원이 담긴 부메랑이 아닐까.

율라는 그래서 항변할 수 없었다.

"흥, 악신이 자행한 만행이 그런다고 정당화되지는 않아!"

율라를 대신해 클레흐가 앞으로 나와 록스를 향해 소리쳤다.

비합리주의자의 억지 주장은 언제나 비난과 비웃음의 화살받이가 된다.

클레흐를 향한 록스의 눈빛이 그러했다.

하나 그는 화내지도, 상냥한 표정을 바꾸지도 않았다.

이렇게 생각하면 된다.

벌레가 군집을 이뤄 시위한다고 생각해 보라. 이들을 향해 물대포를 쏠 것인가, 아니면 군대를 보내어 해산시킬 것인가.

"폭력이 정당화되는 세상은 나쁘죠. 특히 약자의 입장에선 더

더욱 그렇겠지요. 그럼 묻죠, 클레흐 씨. 인류의 오만함과 독주를 이대로 방치한다면 과연 세상은 오늘보다 더 좋아질까요?'

지식과 지혜는 다르다.

철학이 없는 지식인은 기계처럼 효율성만 중시한다.

하나 지혜를 가진 자는 공생을 통한 조화로운 행복을 추구한다.

인류의 문제점은 지식의 그늘에 늘 지혜가 가려져 제 목소리를 제대로 내지 못한 데 있었다.

"분명히 좋아져! 우리는 인간이기 때문이야."

클레흐는 호언장담했다.

그녀는 진심으로 인간을 믿고 있었다.

부조리하고 부패한 것들에 의한 타락의 유혹에서 자유로울 수는 없지만 그 사회 구성원들의 선량한 마음이 세상을 반드시 변화시켜 나가리라는 것을.

"인간이니깐 안 된다가 아니라 인간이기 때문에 될 것이라는 의민가요, 클레흐 씨?"

록스는 자신의 생각이 뚜렷하긴 해도 그렇다고 외골수는 아니었다.

끊임없이 고뇌하고 의심하는 타입이었다.

그가 이런 부류의 인간이 아니었다면 만찬은커녕 진작 칼부림이 일어났을 터였다.

어쨌거나 여긴 그에게 유리한 앞마당이니까.

"인류는 이미 과분할 정도의 사랑을 받았고, 또 기회가 있었지만 그에 대한 보답은커녕 돌이킬 수 없는 오만한 독재자가 되었습니다. 영원한 독재는 없습니다, 클레흐 씨. 인간은 빛과 어둠이 공존하는 특이한 생물입니다. 중도의 미학을 잃지 않았다면 이보다 더 완벽한 생물체는 아마 없었을 겁니다. 하지만 인간은 이미 너무도 많은, 너무도 큰 실수를 저질렀습니다. 자각 능력도 상실했습니다. 그래서 인류에겐 종말이 필요합니다."

"당신이 뭔데! 당신도 인간이잖아!"

"저에게 인류애를 기대하셨다면 실망하실 겁니다."

현성은 록스에게서 유오찬의 모습이 보였다.

결과가 좋으면 수단과 방법이 설혹 나쁘더라도 후에 만회할 수 있다는 믿음.

녀석은 자신의 신념과 믿음을 저버리지 않았다.

합리적인 방법을 나름 모색해서 돌파한다고 믿었다.

하나 대중은 여전히 그를 뒤에서 손가락질했고 의심했다.

이유는 하나였다.

꼬리표처럼 따라다니던 과거 전력이다.

무지와 고집으로 똘똘 뭉친 사람과는 대화가 통하지 않는다.

논쟁을 좋아하는 록스였지만 다람쥐 쳇바퀴식의 대화는 좋아하지 않았다.

"선우현성 씨, 당신의 생각은 어떤가요?"

사실 록스가 관심을 갖고 지켜본 이는 현성이었다.

신을 베는 검, 예언의 기사라는 어마어마한 타이틀을 가진 남자.

"당신은 인류의 멸종을 바라나?"

"인간의 멸종은 저도 바라지 않습니다. 극단적으로 불필요한 존재란… 이 세상에 없으니까요. 다만 지나친 번성과 과욕에 물든 인간에게는 반드시 정화가 필요합니다. 저를 설득시켜 보세요. 제가 납득한다면 당신들 편에서 검을 쥐겠습니다."

설득할 자신이 있으면 나를 설득해 보라! 록스에게서 오만한 자신감이 보인다.

상냥하고 부드러운 표정 뒤에 감춰진 불변의 성질 같았다.

"너의 말장난에 놀아주고 싶은 마음은 내게 없다. 종말을 보고 싶은가? 그럼 봐라. 너의 학식과 논리를 떠벌리고 싶은가? 그럼 해. 하지만 내 앞에서는 하지 마라!"

스팟.

현성이 록스를 향해 움직인다.

자색의 빛살 아래 록스의 전신이 녹아든다.

"헛!"

"앗!"

사람들의 입에서 묵직한 탄성이 합창처럼 터져 나온다.

현성은 록스가 자신의 공격을 피한 걸 느꼈다.

두 눈은 놈이 자신의 검에 베인 것 같았지만 감각은 빈 허공을 벤 느낌이 강했다.

눈과 감각, 둘 중 어느 것을 믿을 것인가에서 현성은 감각을 선택했다.

그는 즉시 방어 태세를 갖추었다.

한편으론 록스의 위치를 파악하는 데 정신을 집중했다.

휙.

몸을 돌려세운 현성은 기둥 옆에 서 있는 언짢은 표정의 록스를 발견했다.

"과격하시군요. 그렇다면 저도 그에 따른 수위로 응수해야겠지요."

여유란 강자의 전유물이다.

현성의 눈매가 가늘어진다.

그는 록스가 자신의 공격을 피했던 방식을 떠올린다.

속도일까? 아니면 공간 이동일까? 탈현실의 세계이다 보니 상대의 능력을 상식이란 이름으로 규정지어 생각할 수 없다.

록스가 팔을 든다.

그의 손이 무언가를 잡아서 뺀다.

중간이 잘록한 모양의 검이었다.

일견하기에도 예사롭지 않아 보인다.

한발 앞으로 현성을 향해 록스가 발을 내딛는다.

그러자 지면이 파도처럼 일어나 현성에게로 밀물처럼 몰려들었다.

딱딱딱딱딱!

깨진 바닥의 파편이 표창처럼 날아든다.

현성의 자광검이 움직여 빛의 막을 만든다.

이 막에 파편이 부딪쳐 가루가 되어 흩어진다.

시야가 막힌다.

이를 노린 것일까? 록스가 전력을 다해 바닥을 박찬다.

날카로운 파공음이 들려온다.

정면과 좌우 측면과 천장!

"부, 분신술!"

"이런!"

록스의 육신이 삽시간에 네 개로 분리되어 움직인다.

이를 본 사람들이 놀라 소리친다.

시각과 청각은 이 순간 현성에게 선택을 방해하는 장애 요소로 작용했다.

미혹당할 수 있는 오감을 내던진 현성은 제 육감을 활성화했다.

'네 방향의 놈이 전부 진짜다!'

현성의 육감이 날카롭게 경고한다.

이것이 단순한 눈속임이 아니라 분명하게 하나하나가 실체라고 한다.

잠깐이었지만 록스는 대단한 실력을 갖추고 있었다.

난감하게도 이러한 자가 무려 넷이나 되고 보니 최선을 다해 놈을 상대할 수밖에 없었다.

본신의 실력? 사실 현성이 진심을 다해 싸운 경험은 광검을 완성한 이후 거의 없다시피 했다.

그랬던 그가 지금은 록스를 상대로 전력을 끌어올린다.

츳츳츳!

자광검의 면적이 폭발적으로 늘어나서는 어느새 현성의 전신을 틈도 없이 에워쌌다.

자색의 철옹성은 그 무엇으로도 깰 수 없어 보인다.

검을 철갑처럼 몸에 두른 채 허리를 꼿꼿이 세우고 적을 노려보는 미동 없는 현성의 태도에 용사대는 소름이 돋았다.

그것은 흥분과 동경, 그리고 한숨 돌릴 수 있겠다는 안도감이었다.

창과 방패의 찰나의 격렬한 공방에서 방패인 현성이 승리를 거두었다.

순간적으로 여유를 잃은 록스의 얼굴에 당혹감이 스친다.

"그, 그래, 그쯤은 돼야 심원의 나무가 인정한 예언의 기사라고 불릴 수 있지. 후후."

자신을 대단히 높게 보는 자들은 도취감과 우월감에 젖어 산다.

이들은 무슨 일이든 자신이 결정하지 않으면 안 되고, 자신이 주도적으로 하지 않으면 안 된다는 생각을 갖고 있다.

자신이 무조건 옳다고 믿는 편협함.

록스는 이러한 인물의 전형이었다.

회심의 공격이 실패로 돌아간 록스는 지금 참을 수 없는 격정과 분노에 휩싸여 있었다.

동냥은 자신의 만족감을 위해서 한다.

이를 그들은 선행이라고 말한다.

하지만 강탈은 범죄다.

이 순간 록스는 은혜를 베풀고 뺨을 맞은 기분이었다.

뒤로 물러서는 록스를 현성은 그의 그림자처럼 따라붙었다.

당연히 녀석을 현성이 추종하는 것은 아니다.

그가 바라는 것은 단 하나였다.

자기 자신을 대단히 뛰어난 고귀한 존재로 여겨서 제 행동에 온갖 미사여구와 정당성을 부여하는 떠버리의 확실한 소멸이었다.

악신의 주구 주제에 너무 설친다.

'…마음에 안 들어!'

저돌적으로 따라붙는 현성의 행동에 록스의 눈가로 두려움이란 이름의 경련이 찾아온다.

머리보다 몸이 앞서는 어리석고 무식한 자!

현성을 향한 록스의 증오심이 들끓었다.

세상엔 꼭 저처럼 어리석은 자들이 한둘씩 있다.

권주는 마다하고 꼭 벌주를 선택하는 자들.

"너의 어리석음이 장차 너와 너의 세계를 잿더미로 만들 것이다!"

녀석의 악담에 현성은 신경 쓰지 않는다.

싸울 때는 단 하나만 생각한다.

내가 죽든, 상대를 죽이든 둘 중 하나다.

이 중 하나가 결판난 뒤에 생각해도 된다.

생각은 승자의 몫이자 권리다.

현성은 승리자로서의 몫을 챙기길 원했다.

록스가 좀 전과 같은 방법으로 달아날 것을 계산한 현성은 보다 확실하게 상대를 없애기 위해서 자신의 공간 이동 능력으로 녀석을 옮아맸다.

상대의 허를 찌른 것이다.

"헉!"

록스의 입에서 그 자신도 좀처럼 듣기 힘든 헛바람 소리가 터진다.

그리고 식탁 위였다.

서걱!

"크아아아아악!"

록스의 팔이 현성의 검에 잘려 식탁 위에 떨어졌다.

녀석의 잘린 팔은 마치 갓 잡아 올린 물고기처럼 식탁을 어지럽히며 힘차게 펄떡거렸다.

현성의 눈가에 아쉬움이 빠르게 스친다.

상대의 목을 노렸건만 아쉽게도 수확은 겨우 팔 하나.

확실히 록스의 이동 기술이 까다롭다는 것을 새삼 느끼는 현성이다.

"이노오오오옴!"

록스의 격노한 외침이 천둥처럼 울려 퍼진다.

현성은 녀석의 비명과 호통에 전혀 반응하지 않았다.

현성이 다시 록스를 향해 몸을 날린다.

신체의 일부가 잘려 나간 록스의 움직임은 둔하고 부자연스러웠다.

또한 한 번도 겪어보지 못했던 고통의 철퇴에 맞아 정신이 반쯤 나가 있었다.

녀석은 부정했지만 그건 공포심이었다.

부들부들.

다만 녀석의 자존심이 이를 인정하지 않을 뿐이다.

채애애앵!

득달처럼 달려드는 현성의 자광검을 록스가 막아낸다.

현성은 녀석이 또 예의 그 수법으로 달아날 것을 우려해서 일부러 놈이 막아내기 쉽도록 검의 궤적을 보여주었다.

빠아아아아악!

록스의 정강이에서 뼈가 박살 나는 오싹한 소리가 터졌다.

"크아아아아아악!"

정신이 쏙 빠진 녀석을 향해 현성은 기다렸다는 듯이 득달같이 검을 휘둘렀다.

정성을 다한 일검이다.

하나 이 공격은 실패하고 말았다.

옆구리가 크게 베인 록스는 예의 그 신비한 이동 수법으로 저만치 물러나서 헐떡거린다.

놈의 상태는 처참했다.

저 모습으로 살아 있는 것 자체가 놀라운 기적이다.

"빠르군."

현성은 진심으로 탄복했다.

그래서 하얀 도화지와 같은 마음으로 칭찬했다.

록스는 이것이 비아냥거림으로 들렸다.

"참신하군. 참신해."

록스에게 접근하기 위해 현성은 움직이려 했다.

한데 갑작스럽게 놈의 분위기가 크게 바뀌자 흉계가 있나 싶어 현성은 걸음을 멈추었다.

무표정한 그를 바라보며 록스가 말을 이어나간다.

전생에 말 못 하다 죽었나 보다.

"난 옳다고 믿는 일을 했어. 그랬는데, 그랬음에도 불구하고 내 마음 한구석에선 때때로 망설임이 항상 고개를 치켜들더군. 몰랐다. 그 이유를 아무리 생각해도 몰랐어. 한데 오늘에서야 느껴지는군. 머리가 아닌 마음으로 느껴야 했는데. 크크."

매가 약이 된 것일까? 용사대는 록스가 개과천선하여 자신들을 위해서 악신과 맞서 싸우려는 것이 아닐까라고 생각했다.

혹은 간접적인 방식의 도움이라도.

휘류류류류!

삼색의 신비로운 서기가 록스에게서 뿜어져 나왔다.

그 빛은 록스를 완전히 세상과 단절시켰다.

이 안에서 무슨 일이 벌어지는지 밖에서는 알 수 없었다.

빛이 사라지고 록스가 그 모습을 드러냈다.

인간의 모습이 아니었다.

"악천사라니!"

"으음."

바벨 성 기사들이 대경한 표정으로 동시에 말한다.

"처, 천사… 뿔이 있잖아. 대체 저건 뭐지?"

"몬스터가 아닐까?"

웅성웅성.

지구인들이 주춤 물러서며 외친다.

커다란 여덟 개의 날개와 산양의 뿔을 가진 존재로 변모한 록스. 현성에게 당한 녀석의 상처는 말끔히 사라지고 없었다.

기세 역시 인간으로 있을 때와 달리 거대하고 위압적이다.

악천사 록스의 기운이 현성에게 쏟아진다.

기세로 그를 찍어 누르려는 듯 실로 강맹하다.

부우우웅.

록스의 기세를 잘라내려는 듯 현성이 자광검을 크게 휘두른다. 그러자 숨통을 조여오던 기세가 눈 녹듯이 사라진다.

"완전체인 나의 기세를 자르다니! 역시 심원의 나무가 예언한 기사답구나. 하지만 날 이길 수 있으리라고는 생각하지 마라! 우매한 인간이여."

악신의 궁 전체가 지진을 만난 듯 흔들린다.

유골로 만든 열주에서 비명이 일제히 터진다.

주변은 더욱더 음산한 살풍경으로 변한다.

긴장한 용사대가 급히 현성의 뒤로 도열한다.

록스가 현성을 향해 검지를 겨누었다.

검지 끝으로 에너지가 응집하더니 탄환처럼 쏘아진다.

에너지 탄이 분열하며 시야를 가득 채운다.

부아아아아아앙!

현성이 다시 한 번 광검을 휘두른다.

자색의 막이 전방에 세워진다.

에너지 탄이 장막과 부딪치며 폭발한다.

쾅쾅쾅쾅쾅쾅쾅—!

폭발의 여력이 장막 안쪽까지 묵직한 영향을 미친다.

"크흑!"

압박감에 놀라 신음하는 자.

"뭐, 뭐가 이리 세!"

당혹감에 빠져 자신도 모르게 몸을 부들부들 떠는 자.

으드득.

이를 악물고 꿋꿋이 견디는 자들까지.

거세고 요란한 대규모 공습이 끝이 났다.

정적이 찾아왔지만 사람들은 이를 느낄 수 없었다.

이명 때문이었다.

다행하게도 용사대 내에서 사망자와 부상자는 발생하지 않았다.

현성이 록스의 공격을 모조리 막아냈기 때문이었다.

록스는 이에 놀라지 않았다.

이럴 것이라 예상한 듯한 반응을 녀석의 표정에서 볼 수 있었다.

진짜 싸움은 이제부터였다.

"에리카, 복도 끝으로 이동해."

현성이 전방을 주시하며 빠르게 말했다.

"같이… 아니, 알았어요."

이 싸움에 자신이 끼어들 자리는 없다.

오히려 현성의 발목만 잡을 뿐이다.

에리카는 공간 이동을 통해 이들과 함께 후방으로 물러서려 했다.

한데 어찌 된 영문인지 능력이 발동되지 않았다.

살만과 에반 역시 마찬가지였다.

"잔재주 따위 더는 이곳에서 통하지 않는다."

괴악한 웃음과 함께 이리 소리친 록스는 자랑하듯 자신의 여덟 개의 날개를 쭉 펼쳐서는 세차게 움직였다.

그곳에서 광풍이 이들을 향해 맹렬하게 밀려들었다.

날개에서 불어온 바람은 이들을 공격하기 위함이 아니었다.

목적은 인골의 열주였다.

바람에 닿은 기둥마다 진저리치며 빛줄기를 허공으로 쏴 보냈다.

그 빛줄기가 허공에 기하학적인 무늬를 만들었다.

그것은 마법진이었다.

"뭐지?"

"레이저 손가?"

이 기괴하고 황당한 세계에서 상식은 이미 무너진 구시대의 산물에 지나지 않았다.

아니, 인간이 구축한 세계가 아니기에 인간인 이들의 상식은 매번 빈곤할 수밖에 없었다.

크아아아아아!

끄어어어어억!

고통과 악의로 가득 찬 소리가 수면처럼 일렁이는 마법진에서 터져 나왔다.

그리고 곧 무언가가 바닥으로 툭툭 떨어지기 시작했다.

그것은 피부가 쩍쩍 갈라지고 체모가 없는 인간들이었다.

록스가 웃음을 터뜨리며 소리쳤다.

"죽기를 소망하는 자들이지만 죽을 수 없는 고통을 받는 자들이다. 저 흉측한 몰골은 그들의 마음이 투영된 것이다. 너희의 마음은 어떠할 것 같은가! 베어보라, 죽여보라, 너희가 구원하고자 하는 자들이 바로 저들이다. 크하하하하하!"

록스가 소환한 흉측한 몰골의 인간들은 갈증과 굶주림, 증오와 고통이 전부였다.

용사대를 보게 된 이들은 불구대천지원수를 만난 듯 사나운 괴성을 내지르며 달려들었다.

달아날 곳은 용사대에게 없었다.

사방이 이 인간들로 인해 가로막혔기 때문이다.

록스의 말에 용사대는 충격을 받은 듯 선뜻 공격하지 못했다.

뒤로 물러서기만 했다.

"왜 싸우지 않는 것이냐? 너희 인간은 동족상잔과 비방과 약탈을 자랑처럼 행해온 종족이 아닌가? 싸우지 않으면 너희는 저들의 양식이 될 것이다."

현성이 앞으로 나서서 달려드는 여인을 벴다.

상체와 하체가 분리된 여인이 비명을 지르며 쓰러졌다.

몸을 홱 돌려서 일행을 바라보며 현성이 매몰차게 소리친다.

"싸워!"

이 한마디를 끝으로 현성은 내달렸다.

느긋한 표정으로 팔짱을 낀 채 관객이 된 녀석을 향해.

"싸워요!"

에리카가 소리치며 흉측한 몰골의 인간들을 벤다.

그녀를 시작으로 사람들은 입술을 질끈 깨물며 끝도 없이 밀려드는 자들을 베고, 찌르고, 차고, 부수었다.

돌파!

현성은 록스를 향해 내달렸다.

이 상황에 점을 찍기 위해서이다.

"비겁하게 숨지 말고 앞으로 당당히 나서라!"

가는 길이 참으로 멀고도 험하다.

악신만 상대하면 될 줄 알았더니, 이제 다 왔다고 생각했더니, 이런 거지 같은 관문이 또 있을 줄이야.

빠드득.

"너희의 검으로 너희는 동족에게 잔인한 종말을 선사하는군. 그러면서도 스스로는 동족을 위해 일어섰다는 자부심을 갖고 있겠지? 우습군. 우스워. 너희의 모든 것이 모순과 부조화라고 생각하지 않나? 약한 것은 도태되고 사라지지. 왜 인간만이 스스로 고귀한 존재감을 부여하고 제 삶에 타당성을 부여하며 끝까지 저항하는가? 너희는 너희 스스로가 진정 위대한 존재라고 믿는 것인가?"

록스는 떠들었다.

현성은 놈의 말을 싹 무시하며 내달렸다.

베고, 또 벤다.

인류 역사상 이처럼 많은 인간을 최단 시간에 죽인 인물이 또 있을까 싶다.

*　　　*　　　*

숨이 턱 끝까지 차오른다.

근육이 고통을 호소하며 경련한다.

현성은 록스 앞에 도착했다.

그가 지나온 길은 대학살의 현장이 섬뜩한 모습으로 펼쳐져 있었다.

아직도 학살은 진행 중에 있다.

짝짝짝.

록스가 박수 친다.

흡족한 표정을 하고 있지만 두 눈동자는 늦가을의 묽은 서리 같다.

"너를 베고, 악신을 베겠다!"

현성은 각오를 다진다.

이 말은 록스에게 하는 것이 아니라 스스로에게 하는 약속이자 채찍질이다.

"신을 향한 인간의 도전은 예전에도 있었다. 하지만 성공한 사례는 단 한 번도 없었지. 오히려 신의 분노 아래 비참하게 멸망당했을 뿐이다. 네가 베려는 신은 평화와 풍요의 신이다. 그는 만물에 이와 같은 은혜를 내렸지. 한데 그 만물 중 하나가 그의 의지에 위배되는 행위를 자행했다. 너희로 인해 그의 신성이 훼손됐다. 평화와 풍요라는, 그 고귀하고 따뜻한 의지가 말이다. 그러니 인류는 이쯤에서 자연계에서 순순히 퇴장해야 맞지 않겠는가? 동족을 뜯어 먹고, 세상을 뜯어 먹는 고약한 악식가들이여!"

"난 나의 삶에 개입하려는 자라면 그게 신이라도 인정하지 않는다."

휙.

현성과 악천사 록스의 열화와 같은 접전이 펼쳐진다.

록스는 빛으로 이루어진 위맹한 모양의 창을 만들어서 휘둘렀다.

창에 실린 힘은 가히 태산조차 반으로 쪼개 버릴 듯 대단한 위력을 자랑했다.

만약 현성의 검이 일반 장검이었다면 록스의 공격을 막기는커녕 피하기에 급급했으리라. 다행히 광검의 신비로운 능력 중 하나가 검에 가해진 충격을 그 주인에게 전달하지 않는 데 있었다.

쩌어엉!

힘에 있어서 현성은 악천사의 상대가 되지 못했다.

하나 광검의 장점은 그의 약점을 상쇄시키면서 대등한 승부를 펼칠 수 있도록 해주었다.

문제는 창이 일으키는 풍압과 속도였다.

몸을 날려 버릴 듯한 강력한 바람을 버텨야 한다.

눈에 보이지 않는 빠른 공격을 막는 일도 쉽지 않다.

일 합, 일 합을 초긴장 상태로 임해야 한다.

장기전은 절대적으로 불리했다.

더욱이 후방에선 사람들의 피해가 잇따르고 있었다.

그들의 비명과 다급한 외침에 마음이 휩쓸린다면 저들보다 현성 자신이 먼저 먼지처럼 덧없이 날아가는 신세로 전락할 것이다.

콰콰콰콰콰콰!

악천사 록스의 창이 바닥을 후려친다.

그러자 바닥이 산처럼 일어나더니 파도처럼 현성을 향해 밀려들었다.

황급히 몸을 날리고 툭 튀어나온 지면을 밟아 재차 도약한다.

이를 기다렸다는 듯 악천사 록스가 포탄처럼 그를 향해 몸을 날렸다.

관통!

'막아야 한다!'

허공에서도 자유자재인 악천사를 피할 방법은 없다.

디딤판이라도 있다면 어찌어찌 회피를 감행하겠지만 추락 중인 현재 그것은 꿈같은 일이다.

공간 이동 능력만 사용할 수 있어도 안전하게 피한 뒤 놈의 배후를 노려보겠으나 지금은 불가능했다.

온전히 자신의 감각과 운과 광검 하나에 모든 것을 걸고 싸워야 한다.

쩌어어어엉!

악천사의 맹렬한 찌르기를 간신히 막아냈지만 측면에서 날아오는 놈의 2차 공격은 막을 수 없었다.

오장육부가 가닥가닥 끊어지는 통증은 단말마조차 현성에게 허락하지 않았다.

배트에 맞은 공처럼 날아간 현성이 못처럼 벽에 박힌다.

콰드득!

이를 본 용사대가 현장으로 뛰어오려 했지만 그럴 수 없었다.

"망할, 망할, 망하아아아할!"

하칸은 분통을 터뜨리며 달려드는 흉측한 몰골의 인간들을 벤다.

베고, 또 베도 놈들의 숫자는 전혀 줄어들지 않았다.

공포심조차 없는 듯했다.

어찌 보면 놈들 모두 죽기를 소망하는 것처럼 보였다.

불나방이 불구덩이로 날아들 수밖에 없도록 만든 필연처럼.

벽에 박힌 현성은 의식이 없었다.

그를 지키는 든든한 방패이자 무기인 자광검도 이슬처럼 사라져 버렸다.

무방비 상태인 현성을 향해 악천사 록스가 허공을 밟고 다가가자 이를 본 사람들의 표정에 절망과 탄식이 터진다.

"어리석은 인간은 꼭 권주보단 벌주를 선택하는군. 오롯한 말씀을 그리 전해주어도 먼지 같은 현실에 전전긍긍하면서 그 소중함을 잃어버리지. 신을 베는 검을 가진 자여, 이제 너의 운명도 여기서 끝이구나. 네가 구하고 싶은 인류의 운명 역시 너와 함께 종말을 맞으리라."

스윽.

악천사의 빛의 창끝이 현성의 심장을 파괴하기 위해 쳐들어온다. 위급한 상황이었지만 현성은 여전히 의식이 없는 듯 움직이지 않았다.

슈욱.

집으로 돌아가기를 소망했던 한 남자의 운명은 여기서 끝인 듯싶었다. 하나 의외로 현성은 겉보기와 달리 의식을 잃지도, 부상이 심하지도 않았다.

'방심은 끝까지 금물이다!'

번쩍.

현성이 몸을 틀어 악천사의 창을 피한다.

창은 그가 피한 벽면을 뚫고 들어갔다.

당황한 악천사의 두 눈에 현성의 무심한 얼굴이 잡힌다.

잠시 잠깐 악천사는 이러한 상황에서도 저처럼 무심한 얼굴을 유지할 수 있는 현성이란 남자가 신기했다.

그러나 이러한 감정에 빠져 있을 틈이 없었다.

상대의 검은 신마저 벨 수 있기 때문이다.

츠핏!

황급히 몸을 튼 악천사. 하지만 현성의 검을 완전히 피하지는 못했다. 갈비뼈 서너 개가 현성의 검에 잘리고 날개도 두 개나 잘려 나갔다.

  "크아아아아아악!"

  인간으로 변신했을 때와 달리 본체 상태에서 받는 고통의 강도는 하늘과 땅 차이다. 고통에 익숙하지 못했기에 악천사의 반응은 현성의 2차 공격까지 유도했다.

  이 순간을 위해서 신체 일부 훼손까지 결심한 현성이다.

  만반의 준비를 갖춘 자에게 그렇지 못한 자가 버텨낼 재간은 없다.

  서걱.

  하지만 악천사는 악천사였다.

  다리 하나를 더 내주었지만 악천사 록스는 끈덕지게 따라붙는 현성을 따돌리고 저만치 달아날 수 있었다.

  덜덜덜.

  전투 불능 상태에 빠진 악천사 록스. 녀석은 잔뜩 일그러진 얼굴로 연방 비척거렸다.

  그러자 홍수 물처럼 쏟아지던 흉측한 인간들이 갑자기 행동을 멈추더니 먼지 뭉치가 바람에 날리듯 삽시간에 사라져 버렸다.

  현성은 그제야 일행의 모습을 볼 수 있었다.

  "현성 씨!"

  "무사했군요."

"다, 다행이다."

다들 상태가 좋지 않았지만 현성이 무사하자 이에 면면에 안도와 기쁨을 크게 드러냈다.

기사회생의 반격에 성공한 현성과 악천사의 거리는 상당히 떨어져 있었다.

"이, 인간 따위가… 감히… 감히 이 몸을! 크아아아아아!"

분노가 골수까지 치밀어 오른 악천사가 흉험한 괴성을 내질렀다.

이 소리에 놀란 것인지 건물은 곧 허물어질 듯 크게 요동쳤다.

쩌쩍.

후두두.

사람들은 다급한 표정으로 현성이 서 있는 곳으로 뛰어왔다.

"저기에 문이 있어요!"

율라가 한곳을 가리킨다.

과연 그곳에 다음 장소로 넘어갈 수 있는 문 하나가 우뚝 서 있었다. 그 문은 좀 전까지 볼 수 없었던 것이었다.

섬뜩한 인골의 열주가 멀리서부터 빠르게 무너진다.

선택할 수 있는 상황이 아니었다.

현성과 대원들은 모두 문을 향해 전력 질주했다.

악천사를 제거하지 못한 게 마음에 걸리는지 현성은 놈에게서 미련을 버리지 못했다.

# 제57장
아직 길은 열리지 않았다!

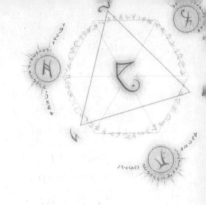

궁전 주인의 고약한 악취미는 이곳에서도 별다르지 않았다.

끝도 없이 쭉 늘어선 거대한 인골의 기둥.

앞서와 다른 점을 꼽으라면 조금 더 밝은 정도였다.

기둥을 바라보는 사람들의 표정에서 긴장감을 엿볼 수 있다.

저 기둥에서 또다시 사람들이 쏟아져 나와서 불나방처럼 달려들지나 않을까 싶어서다.

한참을 긴장하며 지켜보던 일행의 표정이 조금씩 풀린다.

"잠시 쉬어요. 다들 괜찮은가요?"

사람들은 제 몸무게조차 버거운지 율라의 말이 떨어지기가 무섭게 무너지듯 그 자리에 주저앉았다.

이들이 빠져나온 장소는 완전히 붕괴돼서 바늘 꽂힐 자리도 없어 보였다.

조금만 늦었어도 육중한 잔해에 깔려 압사당하고 말았으리라. 그 생각만 하면 다들 등골이 서늘해진다.

"괜찮습니다."

"저도 괜찮아요."

"문제없습니다."

"예."

"율라 님은 괜찮으십니까?"

"예, 살만 님."

일행의 상태를 일일이 확인한 율라의 표정이 다소 누그러진다. 자잘한 부상은 있어도 움직이기 힘들 정도의 부상자는 다행히 발생하지 않았기 때문이다.

동료를 버려야만 하는 그 잔인한 결정을 하지 않아도 된다는 사실에 그녀는 남모르게 제 가슴을 쓸어내린다.

고심에 잠긴 표정으로 앉아 있는 현성을 향해 율라가 다가간다.

"몸 상태는 괜찮으세요?"

"보시다시피."

긴박하고 격렬한 전투를 치른 사람답지 않게 현성은 의외로 멀쩡한 편이었다.

신체 훼손까지 감수하면서 싸웠던 사람으로 보기 힘들 만큼.

"옆에 앉아도 되나요?"

"그래요."

"그자는 살아 있을까요?"

"다시 보게 되면 반드시 죽일 겁니다."

상대의 방심을 이끌어냈지만 또다시 성공하리란 보장은 없었다.

하지만 약한 소리는 하기 싫었다.

이는 오기도 자존심도 아니었다.

자기 자신에게 용기와 힘을 주기 위한 일종의 주문이었다.

"도움이 되지 못해서 미안해요."

"저 혼자였다면 여기까지 오지도 못했을 겁니다. 분명히."

사람들은 최선을 다해 싸웠고 동료의 짐이 되지 않기 위해 스스로 버려지는 것을 선택했다.

남겨진 자와 남겨놓고 떠나야 하는 자의 마음이 어찌 편하랴.

내색은 하지 않았으나 현성도 그때를 생각하면 마음이 아팠다.

씨익.

두 사람의 대화에 귀를 기울이고 있던 사람들의 입가에 옅은 미소가 감돈다.

"그보다 능력은 돌아오셨어요?"

스킬러 능력을 묻는 것이다.

현성은 고개를 내저었다.

지구 출신 대원들 역시 내심 한숨 쉰다.

이들은 약속이나 한 것처럼 붕괴로 꽉 막힌 현장을 본다.

저곳이 귀환할 수 있는 유일한 길이라면 두 번 다시 돌아갈 수 없을 것이다.

필사의 각오로 이 임무에 참여했지만 임무의 성공 여부와 관계없이 이곳에서 뼈를 묻어야 할지 모른다.

참으로 끔찍한 시간이 될 것이다.

끝까지 살아남더라도.

사람들은 착잡한 심정 속으로 빠져들었다.

율라는 괜한 이야기로 좌중의 분위기를 무겁게 만들었다는 생각을 한 듯 얼굴에 미안한 마음을 드러냈다.

그녀의 잘못이 아니라고 말해주려다 현성은 그냥 입을 다물었다.

"미로에서 헤매지 않고 무사히 악신의 궁까지 도착한 것만 해도 우린 운이 좋았다고 봐야겠죠. 그 여자들의 도움이 없었다면 어려웠을 것 같아요."

백발 여자들의 수장으로 보이던 여자가 문득 떠오른다. 자신을 부동이라 부르며 몹시 슬픈 표정으로 대하던 의문의 여자. 그녀에게 왜 그러느냐고 묻지 않은 게 왠지 마음에 걸린다.

'이미 지난 일이다.'

앞으로의 일만 생각해도 벅차다.

그 생각은 여유가 있을 때 해도 되리라.

사람들의 안색이 조금 펴진 것을 확인한 율라가 자리를 털고 일어난다.

"자, 다시 힘들 내서 가요."

결과가 어찌 되었든 악신을 보았으면 싶다.

목숨을 잃더라도 원흉과 싸우다 장렬하게 전사하면 죽어서라도 먼저 간 동료들에게 체면이 설 것이다.

절대, 놈의 하수인 따위에게는 절대 죽지 않으리라.

저마다의 얼굴 위로 이러한 결의가 피어오른다.

저벅저벅.

주변을 경계하며 한참을 걸어도 별다른 일이 발생하지 않는다. 록스 같은 녀석도 나타나지 않았고 불나방처럼 달려들던 자들도 없다. 이 상태로 쭉 다음 장소까지 무사히 갔으면… 다들 빌어본다.

장국정이 살만과 어깨를 나란히 하며 말을 건넨다.

"살만, 스킬러 능력이 왜 없어진 걸까요? 후세이긴 하지만 심원의 나무는 아직 건재하잖아요?"

"딱 떨어지는 답은 없네만 짐작 가는 부분은 있네."

국정의 표정이 호들갑스럽게 변한다.

"그게 뭐죠?"

마른기침을 몇 번 토하던 살만이 할아버지가 손자에게 가르침을 내리듯 자애로운 표정으로 말한다.

국정은 살만의 이런 표정을 좋아했다.

"우리가 스킬러 능력을 사용할 수 있었던 배경에는 심원의 나무가 존재해서네. 심원의 나무의 영향력은 우리의 세계가 속한 에덴계를 아우르기에 지구에서처럼 이곳에서도 그 능력을 잃지 않았지. 하지만 이곳은 그의 영향력이 미치지 못하는 장소일지도 몰라."

"그 망할 가짜 천사 자식이 술수를 부려서 그때부터 능력이 봉인됐잖아요?"

국정의 말에도 일리가 있었다.

그 전까지 일행은 능력을 사용할 수 있었다, 분명히.

"심원의 나무와 우리를 단절시킨 게 아닐까 하는 생각이 들어."

"단절이라고요? 그럼 그 자식이 우리와 심원의 나무와의 연결을 가로막고 있다는 말이네요. 그렇다면 그것만 뚫어버리면 능력이 다시 돌아올 수 있겠네요."

능력의 회복은 귀환을 보다 쉽고 안전하게 할 수 있다는 말과 일맥상통한다.

"하지만 이런 가정도 하지 않을 수 없어."

"또 다른 것도 있어요? 그게 뭔데요?"

"이곳이 심원의 나무의 영향력이 미치지 않는 차원 밖 세계라는 가정이지."

살만의 말에 귀를 기울이고 있던 사람들의 표정이 굳어진다.

그때 하칸이 억눌린 신음과 함께 약간 큰 소리로 말했다.

"차원 격벽!"

율라만이 하칸이 말한 의미를 알고 있었다.

"하칸 씨, 그게 무슨 말입니까?"

국정이 재빨리 묻는다.

"예전 신학 교양 과목을 수강했을 때 들은 내용인데 신력을 가진 자들이 차원계와 차원계 사이의 공간, 이곳을 차원 격벽이라고 부른다더군. 어쨌든 이곳은 뭐랄까? 으음, 불가침 영역이라고 해야겠군. 아무튼 이곳은 차원계를 다스리는 각 차원계의 심원의 나무님의 영향력이 미치지 않는 지역이라더군. 심원의 나무께서 왕성하시던 시절에도 악신을 우리의 차원계에서 찾지 못했지. 그 원인으로 심원의 나무께선 차원 격벽을 지목하셨네."

스킬러 능력이 상실된 원인에 대해 이보다 더 명쾌한 대답이 또 있을까.

이번엔 국정이 신음하며 떨리는 목소리로 말했다.

"잠깐, 그런데 우리들의 광검은 왜 사용 가능하죠? 스킬러 능력이 심원의 나무가 악신과 대적하기 위한 용사를 찾아내기 위해서라는 것은 알아요. 그렇다면 그 능력의 영향으로 갖게 된 광검도 사용하지 못해야 정상이 아닐까요?"

하칸이 자신의 머리를 벅벅 긁으며 고개를 옆으로 돌린다.

그곳엔 율라가 있었다.

대화의 주도권을 쥐고 있던 자가 이처럼 시선을 다른 곳으로 옮기자 다른 이들도 자연스럽게 따라서 움직인다.

겉모습으로 봐선 믿기 힘들지만 학식과 연륜에서 하칸은 율라보다 한참 후배다.

"광검은 열매라고 생각하면 될 것 같아요."

"열매요?"

"과실수가 불에 타도 이미 딴 열매는 탈 리가 없죠. 여러분이 가진 힘은 여러분 고유의 것이라고 전 생각해요. 능력은 봉인됐어도 광검을 사용할 수 있다는 게 그 증거가 아닐까요?"

들고 보니 그럴듯한 가설이지 않은가.

어쨌거나 스킬러 고유의 능력은 잠정 휴업 상태지만 그래도 광검만이라도 살아서 곁에 있다는 게 어딘가 싶어 다들 제 가슴을 쓸어내린다.

"이곳이 어디가 됐든 일단 악신의 면상부터 봐야지. 놈이 돼지든……."

두 주먹을 불끈 말아 쥔 국정이 씩씩하게 모두를 제치고 앞으로 걸어간다.

"또 나댄다. 함께 움직여!"

클레흐가 한 소리 하자 몸을 빙글 돌린 국정이 씩 웃으며 입을 벙긋거린다.

그의 말은 그 입 밖으로 튀어나오지 못했다.

국정은 갑자기 사람들의 몸을 위에서 아래로 훑어보는 자신의 시선에 의아함을 느꼈다.

그리고 지면이 달려드는 것에도.

이 의문이 그가 세상에서 느낀 마지막 생각이자, 장면이었다.

툭… 데구루루.

국정의 뒤를 따르던 클레흐의 발치에 멈춰 선 머리통이 그녀를 올려다보며 웃고 있다.

"끼아아아아악!"

방금까지 이야기를 나누었던 사람의 머리통과 그 눈이 마주치자 배짱이 두둑한 클레흐조차 이 순간 연약한 한 사람의 인간이 되어 비명을 토했다.

모두의 심정도 그녀와 별다르지 않았다.

'저건!'

오직 현성만이 두 눈을 매섭게 빛내며 어딘가를 노려본다.

*       *       *

국정의 목을 본인은 물론 주변 사람들까지 눈치채지 못하게 잘라 버린 놈의 정체는 그림자였다. 다름 아닌 국정 본인의.

그리고 이 일은 국정만의 문제가 아니었다.

국정을 시작으로 사람들은 자신의 그림자와 맞서 치열하게 싸웠다.

여기에 하나의 큰 문제가 있었다.

그림자는 무적이었다.

베고, 찔러도 놈은 끄떡도 하지 않았다.

하지만 그림자의 주인들은 녀석에게 공격받으면 다치고 죽는다.

"각자 가까운 기둥 그림자에 몸을 숨겨요!"

진땀을 빼고 있던 율라가 돌연 두 눈을 반짝이며 소리친다.

휙휙.

가장 가까운 곳으로 다들 몸을 날렸다.

살만은 다른 이들과 달리 기둥과 상당히 떨어진 곳에서 싸우고 있다가 이 소리를 듣고 움직였다.

이 핸디캡이 그를 다치게 만들었다.

등짝에 상처와 팔 하나를 잃은 살만은 겨우 기둥 그림자에 숨을 수 있었다.

"헉헉헉."

"별의별 거지 같은 게 다 나오네. 젠장!"

"내 그림자와 싸울 날이 다 오다니. 역시 이곳은 정상적인 세계가 아니야."

살만의 중상은 사람들의 사각지대에서 발생했기에 아무도 보지 못했다.

그리고 그는 일행에게 피해가 될까 봐 비명을 목구멍으로 밀어 넣었다.

'기둥과 기둥의 거리는 최소 20미터. 가능할까?

기둥 간의 거리를 눈대중으로 확인한 현성이 이맛살을 가운데로 모은다.

죽지 않는 그림자와의 싸움은 도저히 해결 방법이 없었다.

그러니 다른 방법을 모색할 수밖에.

이러한 생각은 비단 현성만의 것이 아니었다.

"늘어선 열주의 그림자를 이용해서 여길 빠져나가는 방법밖에 없을 것 같아요."

에반이 소리치며 사람들의 위치를 약간의 위험을 감수하며 확인했다.

그때 그의 시선에 부상이 심각한 살만이 포착됐다.

언뜻 봐도 살만의 부상은 심각했다.

저 몸으로 20미터나 되는 거리를 스스로 방어하면서 재빨리 이동하기란 불가능해 보였다.

살만을 잃어야 할지도 모른다는 생각이 뜨거운 인두처럼 에반을 괴롭혔다.

'살만… 어째서, 당신이.'

다시 한 번 살펴봐도 살만은 이곳에서 무사히 빠져나갈 가망성이 없어 보였다.

황당하게 죽어버린 국정에 이어 살만까지 잃게 될지도 모른다는 생각이 에반의 가슴을 미어터지게 한다.

"사, 살만…….."

너무나 고요했기에 에반의 목소리는 모두가 똑똑히 들을 수 있었다.

그 음성에 실린 자의 처연한 감정을 느꼈다.

다들 몸을 조금씩 움직여서 살만이 숨어 있는 기둥을 본다.

그곳은 핏물로 흥건했다.

"하아, 하아… 난 틀린 것 같네."

잦아드는 목소리로 살만이 말했다.

그의 말은 모두의 가슴에 비수처럼 박혀들었다.

"살만!"

클레흐가 울면서 그를 부른다.

"크, 클레흐… 미안하다. 나 때문에 여기까지 오게 했구나."

"살만… 흑."

또다시 동료를 잃게 되었다.

그와 같은 경험을 숱하게 했지만 매번 심장이 짓뭉개지는 느낌에서 벗어나지 못한다.

다들 기둥에 의지한 채 그 자리에 주저앉는다.

"선우."

살만이 현성을 찾았다.

그와는 되도록 말을 섞고 싶지 않았기에 현성은 그를 멀리했었다.

하지만 죽어가는 자의 목소리마저 외면할 수는 없었던지 착잡한 심정으로 말했다.

"예."

"자네를 기만한 날 용서하게. 그때 난 그것이 최선이라고 생각했었네. 미안한 얘기지만 그 생각은 지금도 변함이 없네. 다만 한 가지 안타까운 점은 자네에게 작은 위로가 되어줄 선물을 제대로 전달하지 못했다는 것일세."

민연의 영상을 담은 카메라를 그에게 전해주지 못함을 얘기함이다.

"난 반드시 돌아갈 테니까 상관없소, 살만."

"그래, 자네라면 왠지 돌아갈 수 있을 것 같아. 자네는… 아찰라나타니까. 헉헉."

생명의 불꽃이 급속도로 꺼져 들어가는 살만이었다.

저곳이 곧 그의 무덤 자리가 되리라.

"으음, 클레흐, 에반, 에리카, 율라 씨, 하칸 씨, 나 먼저 가야 할 것 같군요."

이 말을 끝으로 살만은 더 이상 아무런 말도 하지 않았다.

"젠장, 젠장, 제에엔장!"

"사, 살만."

"크흑."

용사대 백 명! 그중에서 살아남은 숫자는 겨우 여섯 명뿐이다.

실로 참혹한 결과였다.

문제는 아직도 결과를 내지 못했다는 점이다.

"나 먼저 움직이지."

맨 먼저 에반이 기둥 그림자에서 빠져나와서는 전력을 다해 다음 기둥을 향해 몸을 날린다.

만반의 준비를 한 듯 그는 자신의 그림자의 공격을 막아냈다.

목표했던 기둥의 그림자까지 불과 3여 미터를 남겨둔 곳에서 에반이 그만 허벅지를 깊게 베이고 말았다.

쩍 벌어진 상처 부위에서 피가 마치 분수처럼 치솟는다.

가야 할 길이 아직 한참이나 남아 있는 상황에서의 다리 부상은 최악이 아닐 수 없었다.

당사자 역시 이를 자각한 듯 그 표정에 씁쓸함이 물씬하다.

"앗!"

"에, 에반!"

걱정하는 소리에 에반은 애써 호탕하게 웃으면서 자신의 건재를 과시했다.

"난 괜찮아! 멀쩡하다고. 하하하! 빨리 이 지긋지긋한 곳을 벗어나야지, 배가 꺼지기 전에. 모두 힘들 내라고. 그러고 보면 악천사, 그놈이 꼭 나쁜 놈만은 아닌 것 같아. 한상 거하게 차려준 덕분에 배고픔은 잊었으니 말이야."

이곳에선 서로 도와줄 수 없었다.

오히려 곁에 다가가면 자신의 그림자로 인해 상대가 더 위험해진다.

아주 더러운 상황이다.

"끝까지 포기하지 마요, 에반. 안 그럼 내가 용서치 않을 테니까!"

촉촉한 목소리로 앙칼지게 소리치는 클레흐다.

현성이 몸을 숨긴 기둥에서 빠져나와 다음 기둥을 향해 몸을 날린다.

기다렸다는 듯 그의 그림자가 그를 맹렬하게 공격한다.

단단히 준비하고 있었기에 현성은 이 공격을 무사히 다 막아내며 목표했던 기둥 그림자에 몸을 안착할 수 있었다.

참으로 진땀 나는 순간이었다.

문제는 이것이 끝이 아닌 시작이라는 데 있다.

아직 움직이지 않은 동료들을 위해서 현성은 조언했다.

"자기 자신에게 집중해요! 그럼 놈의 움직임을 어느 정도 간파할 수 있습니다."

자신을 제대로 들여다보고 파악하는 일이 말처럼 쉬울까? 사람들의 얼굴에 곤혹스러움이 떠오른다.

그나마 율라와 하칸만이 현성의 말뜻을 알아들은 듯했다.

한참 후 율라가 몸을 날린다.

챙챙챙챙!

현성과 비교해서 결코 손색이 없는 깔끔한 동작으로 율라가 성공했다.

"고마워요, 현성 님."

다음으로 하칸이 몸을 날린다.

그 역시 완벽한 방어를 펼치며 무사히 건너왔다.

남녀의 연륜과 경험이 빛을 발하는 순간이었다.

시도조차 못 한 이들은 에리카와 클레흐뿐이었다.

에리카는 감을 잡은 듯 그 눈빛으로 이를 드러내 보였으나 클레흐는 여전히 혼몽에서 빠져나오지 못하고 있었다.

"제길, 말은 이해하겠는데 어떻게 해야 할지 감이 안 잡히네."

"클레흐 씨."

클레흐는 에리카의 목소리에서 그녀가 뭔가를 깨우쳤다는 것을 알 수 있었다.

왠지 자신만 바보 같다.

'나, 바본가?'

속상한 기분이 이루 말할 수 없는 클레흐였다.

이를 드러내기는 자존심이 상해서 일부러 그녀는 담담하게 말한다.

"왜? 에리카."

"동물은 위험을 미리 파악해서 피할 수 있어요. 인간이 이런 일을 한다면 대부분의 사람은 그를 초능력자라고 부르지 않겠어요? 하지만 우리는 이미 이러한 능력을 갖고 태어나요. 후천적으로 이를 잊어버리고 말죠. 현성 씨는 바로 이 점을 말한 거예요. 현성 씨, 제 말이 맞나요?"

"그래."

누군가를 말로써 가르치는 일에 있어 현성의 소질은 사실 젬병이다.

그러함에도 불구하고 아연과 희연 자매가 놀랍도록 빠르게 성장한 배경에는 자매의 자질과 곁에서 직접 꼼꼼하게 지도했기에 가능했다.

지금처럼 설명을 통해 상대를 깨닫게 하는 능력은 그에게 없었다.

율라와 하칸은 이미 틀이 갖추어져 있었기에 빠르게 그의 말의 진의를 파악하여 습득한 것이다.

에리카 역시 나름 수련을 한 터라 현성의 말뜻을 알아차렸다.

반면에 클레흐의 경우는 같은 돈을 주고 학원에 다녀도 성적이 안 오르는 아이의 경우였다.

"모르겠어. 그게 무슨 말이야?"

자존심이 목숨보다 소중할까? 아니다. 클레흐는 자신의 자존심을 날려 버리며 솔직하게 이를 시인했다.

"그러니까 그게… 으음."

나름 고심하여 적절한 예를 들었던 에리카였다.

그렇다 보니 딱 꼬집어 자신의 느낀 점을 설명할 말이 떠오르지 않았다.

한참을 집중해도 에리카에게서 귀에 확 들어오는 말을 듣지 못하자 클레흐는 반쯤 체념한 표정으로 말한다.

"됐어. 결론은 나 스스로 깨우쳐야 한다는 거 아냐?"

"그래요."

"알았어. 알았으니까 먼저 움직여. 난 좀 더 생각해 볼게."

에리카에게서 고개를 돌린 클레흐는 외롭게 놓인 장국정의 수급을 본다.

어쩜 자신도 조만간에 저 수급과 같은 처지가 될지도 모르리라.

'지금 내 처지가 바닥에 닿기도 전에 녹아버리는 각설탕 같구나.'

에리카가 무사히 다음 기둥까지 도착한 것을 보자 클레흐의 마음은 조급해진다.

그 조급증이 착각을 불러일으켰다.

그래, 이걸 거야! 이게 틀림없을 거야.

혼자 남겨진다는 게 두려웠던 클레흐가 기둥의 그림자에서 달려 나간다.

처음 한두 번은 그녀도 제 그림자의 공격을 막았다.

이 모습에 일행 모두 안도와 기쁨의 탄성을 터뜨리며 그녀를 응원했다.

하지만 그 기쁨은 무거운 탄식과 두 눈을 질끈 감는 것으로 끝나고 말았다.

장국정과 흡사한 모습으로 클레흐는 목이 잘렸다.

그 목은 한참을 굴러가더니 국정의 수급 옆에서 멈추었다.

서로를 마주 보는 모습이다.

"크흑, 클레흐."

에반은 마음이 찢어질 듯 아파왔다.

장국정, 클레흐, 살만에게 그는 각별한 정을 느끼고 있었다.

그런 그들이 이 장소에서 마치 약속이라도 한 듯 모두 죽어버렸다.

상처의 욱신거림이 왠지 자신도 저들과 동참하라는 지시처럼 들려온다.

"다음 기둥으로 갑시다."

돌이킬 수 없는 일에 얽매여서 멈출 수는 없었다.

끝까지 가보자는 오기가 온천수처럼 현성의 마음 깊은 곳에서 솟구쳐 오른다.

현성이 먼저 다음 기둥을 향해 움직이자 일행도 하나둘 그를 따라 움직였다.

상처를 지혈한 에반도 곧 몸을 날린다.

하지만 얼마 가지 못해서 그도 앞서 떠난 자들의 뒤를 쫓았다.

옆구리가 베이고, 오른쪽 가슴이 찔리고, 팔꿈치 아래가 잘려 나간 다음 목이 잘리는 끔찍한 죽음을 맞이한 것이다.

사람들의 연이은 참담한 죽음은 현성의 마음을 뒤흔들었다.

겨우 이를 수습한 현성은 앞만 보기로 했다.

휘익.

\*　　　\*　　　\*

두 시간을 일행은 쉬지 않고 열주의 징검다리를 밟았다.

정신력과 체력은 이미 한계에 직면해 있었다.

그때, 저 멀리 아치형 유리 천장에서 스며든 한줄기 빛이 커다란 문짝의 손잡이를 비췄다.

드디어 이 장소와도 안녕을 고할 수 있게 되었다는 안도감에 몸과 마음의 긴장감이 뚝 끊어진다.

하아, 하아.

"잠시 휴식을 취한 뒤에 움직이도록 해요."

율라의 말에 아무도 토 달지 않았다.

저 문 안에는 또 무엇이 자신들을 기다리고 있을지… 벌써부터 근육이 수축하고 동공이 확장된다.

꾸욱.

자신을 다스리는 시간을 그들은 가진다.

다들 고요함에 파묻혀서 자신의 삶을 되돌아보는 짧지만 소중한 시간을 갖는다. 울컥 치솟은 감정이 강인한 전사들마저 어느새 눈물짓게 한다.


\*　　　　\*　　　　\*


현성, 에리카, 율라, 하칸만이 무사히 다음 장소에 도착할 수 있었다.

다들 제 감정을 억누르고 있었지만 저마다의 눈빛에서 그들이 가진 고뇌와 고통의 무게를 짐작케 한다.

지옥의 한 귀퉁이를 연상시켰던 인골의 열주는 더는 보이지 않았다.

눈앞에 펼쳐진 세상은 녹음으로 뒤덮인 향기롭고 따뜻한 들판이었다.

"대체 이곳은……."

망연자실한 표정으로 말하던 에리카가 말끝을 흐린다.

"정말이지 이해할 수 없는 일의 연속이군."

주변의 풍경은 사람들의 얼어붙어 있던 마음을 녹여주는 마력을 발휘한다.

"긴장을 늦추지 마세요."

아름다운 것들이 더욱더 독하고 매서운 법이다.

율라의 말에 모두 동의하며 경계의 눈으로 사방을 살핀다.

"으음, 그런데 이제 어디로 가야 할까요?"

목적을 상기하자 막막한 생각부터 먼저 떠오른다.

앞서는 길을 따라서 쭉 걸으면 됐다.

하지만 이곳은 광활한 들판으로, 이정표도 없고 길은 더욱 없었다.

에리카의 지적에 다들 도움이 될까 싶어 하늘을 본다.

파란 하늘이 눈부시도록 아름답다.

한데 그곳에는 있어야 할 무언가가 쏙 빠져 있었다.

"태양이 없군."

황당한 표정으로 하칸이 말하자…

"그게 이상한가요?"

에리카는 그럴 수도 있지라는 식으로 말한다.

어차피 이곳은 차원 고유의 질서가 유지되는 세계가 아닌, 격벽 차원이라 불리는 이도 저도 아닌 공간이다.

하칸은 그녀의 말이 핀잔처럼 들렸는지 머쓱한 표정으로 헛기침을 연발한다.

이러려고 한 말이 아니었기에 에리카는 정중한 태도로 하칸에게 사과했다.

"미안해요, 하칸 씨. 제 말이 기분 나빴다면 용서하세요."

"아, 아니, 괜찮아. 하하."

현성은 주변의 식물들을 살펴본다.

'해가 없으니 식물의 성장을 통해 방향을 짐작하는 것도 어렵군.'

율라가 현성의 곁으로 다가간다.

"뭘 보세요?"

"아무것도 아닙니다. 여기 없는 것은 태양만이 아니군요."

"무슨?"

"곤충을 찾아볼 수가 없군요. 마치 들판 풍경만 그려놓은 그림 같은 느낌이 드네요."

오싹.

현성의 목소리는 크지 않았지만 에리카와 하칸도 들을 수 있었다.

만약 저 말이 현실이라면 누군가에게 감상되는 풍경화 속

인물로 영원히 이 들판을 헤매야 할지도 모를 일이 아닌가.

"일단 움직여 보도록 하죠."

율라 역시 무심코 내뱉은 현성의 말에 적잖은 충격을 받은 듯 보인다.

일단 앞으로 쭉 걸어가기로 결정했다.

근거도 이유도 없었다.

사람들의 말수는 점점 더 줄어든다.

전진을 무려 세 시간이나 했지만 풍경은 문 안으로 들어와 서 보았던 것과 거짓말 하나 안 보태고 똑같았다.

이를 이상하게 여기지 않으면 그게 더 이상한 일이 아닐까.

약속이라도 한 듯 모두가 굳은 표정으로 걸음을 멈추었다.

"쉬는 게 좋겠어요."

일행의 표정을 살피던 율라는 나직한 한숨을 불어내며 제안 했다.

다들 말없이 그녀의 제안을 받아들였다.

"방법이 없을까요?"

경험과 연륜에서 자신보다 열 배가 넘는 자들이 무려 둘이 나 이 자리에 있었다.

그래서 혹시나 하는 마음에 에리카는 율라와 하칸에게 질문 했다.

타개책 모색을 위해 노력하던 중이었기에 그녀의 질문에 속 시원한 대답을 두 사람 다 할 수 없었다.

"더 걷는 게 당장은 무의미할 것 같아요. 그러니 각자 돌아가면서 잠을 잔 뒤에 다시 의논해 봐요."

그나마 합리적인 방법이 아닐까.

율라의 이번 결정에 다들 반대하지 않는다.

연이은 격전으로 몸과 마음이 지친 상태에서 무작정 걷기만 하다가는 적의 공격에 능동적인 대처가 어려울 수 있었다.

이곳은 누가 뭐라고 해도 전장이다.

스스로의 상태를 최고로 만들지 않는 이상 1초 후의 미래도 장담할 수 없다.

네 사람은 서로 순번을 정해서 쉬기로 결정했다.

한 사람당 주어진 휴식 시간은 세 시간.

순번이 두 번째인 현성은 일행과 조금 떨어진 풀밭에 드러누워서는 망토로 얼굴을 가렸다.

의식은 또렷이 깨운 상태에서 몸만 수면을 취하듯 이완시켜 둔다.

'다들 잘 지내고 있을까?'

그리움이 파도처럼 밀려온다.

누군가를 이토록 그리워할 날이 자신에게도 찾아올지 예전의 그는 상상할 수 없었다.

건조하고 삭막한 삶.

남들은 이상하게들 보곤 했지만 그 자신은 그 삶이 그리 나쁘지 않았다.

아니, 그런 생각조차 하지 않았다는 게 맞을 것이다.

그렇게 살았던 그가 지금은 누군가를 간절히 그리워하며 젖어가고 있었다.

그때였다, 불현듯이 하나의 문장이 떠오른 것은.

그는 종말을 뿌리는 왕, 그의 충성스러운 천사들이 길을 내어 그 왕을 영접하리라.

번쩍.

두 눈을 부릅뜨며 상체를 발딱 일으킨 현성은 주변을 빠르게 둘러본다.

악신 케찰코아틀루스, 그는 이곳에 없을지도 모른다.

이곳을 사람들은 차원 격벽이라고 했었다.

그렇다면 그 예언에 나온 충성스러운 천사들은 사실 후이넘이나 거대 비행 생명체인 절멸자라 불리는 놈이 아닐지도 모른다.

"…길은 아직 열리지 않았어!"

현성의 갑작스러운 행동과 중얼거림은 모두의 주목을 끌었다.

그의 분위기가 워낙 진중하고 무거웠기에 다들 말은 붙이지 못했다.

"무슨 일이세요?"

걱정스러운 표정으로 율라가 물었다.

"아닙니다."

확실한지 알 수 없는 일이다 보니 무턱대고 자신의 생각을 사람들에게 말할 수 없었다.

지금 당장 시급한 일은 이곳을 빠져나가는 일이다.

그리고 되도록 빨리 악천사 록스를 찾아내서 완전한 끝장을 보아야 한다.

이를 우선 과제로 현성은 정했다.

"이상하네. 아까부터 바람 한 점 없네."

어리둥절한 표정으로 하칸이 의문을 제시한다.

그러자 호랑이도 제 말 하면 온다는 속담처럼 갑자기 강맹한 바람이 일행을 후려치듯 강타했다.

"피해!"

바람이 일행을 덮치기 직전 현성이 경고한 덕분에 모두 무사할 수 있었다.

조금만 늦었어도 온몸이 갈가리 찢겼으리라.

무시무시한 공격을 퍼부은 자를 찾기 위해 일행이 사방을 재빨리 수색한다.

# 종장

에덴계의 재앙을 걷다!

휘우우우우우웅.

맹렬한 불꽃처럼 타오르는 망토를 걸친 남자가 허공에 떠
있었다.

그의 첫인상은 칙칙하고 음산한 묘지 구석의 어둠을 닮았으
며 키는 대나무처럼 몹시 컸다.

일행을 급습한 바람은 바로 이 남자의 작품이었다.

"나의 권속들을 피해서 여기까지 오다니 해충치곤 제법이
다."

남자의 목소리는 지옥의 깊은 골짜기에서 몰아치는 바람 같
았다.

일단 외양만으로도 저 남자는 대단히 위험해 보이는 인물이

란 결론을 내리지 않을 수 없었다.

현성이 앞으로 걸어나간다.

율라는 현성이 이번 일을 주도하려는 듯하자 내심 놀랐다.

이제까지 보아온 현성은 먼저 나서는 그런 성격이 아니었다.

"이곳의 책임자인가?"

상대가 악신일까? 그렇다면 자신의 생각은 틀렸다.

아니면 또 다른 악천사일까.

현성이 남자를 뚫어져라 바라보듯 남자 역시 현성을 뚫어지게 보았다.

고집 센 아이들의 눈싸움처럼 꽤 오래 지속됐다.

"네가 록스를 상처 입힌 그자로군. 인간이라고 생각할 수 없을 만큼… 대단히 큰 힘을 소유하고 있군."

상대는 마치 현성의 본질을 들여다보는 듯 말했다.

살만에 이어 미로에서 만난 그 정체 모를 여인까지 자신을 다른 이름으로 불렀고 다른 시선으로 보았다.

그들에게는 그래야만 했을 이유와 사연이 있을 테지만 그게 자신과 무슨 상관일까 싶어 현성은 이를 전혀 마음에 두지 않았다.

그에게 중요한 것은 단 하나였다.

한 여자의 생명 같은 남자임과 함께 곧 태어날 한 아이의 아버지로서 그들 옆에서 내일을 함께 맞이하는 것뿐이다.

소소한 일상의 지속이 바로 그가 바라는 삶이었다.

"너도 악신을 추종하는 자가?"

"크크. 악신이라… 너희를 보살펴 주신 그분께 감히 그따위로 말하다니 역시 인간은 존재할 가치도 없는 해충인가?"

제 주인에 대한 충성심을 남자에게서 볼 수 있었다.

록스 때와는 사뭇 다른 느낌이다.

맹목적인 충성심이다.

현성은 자신의 광검을 뽑아 들었다.

"그것이 신을 벤다던 그 검인가?"

지면에 착지한 남자는 비웃음을 날려 보내더니 기다란 낫을 등 뒤에서 빼냈다.

3미터쯤 되어 보이는 낫은 보기에도 섬뜩한 느낌이다.

남자에게서는 자신감을 엿볼 수 있었다.

기형의 긴 낫을 가볍게 휘두르자 닿지도 않았는데 면도날 같은 바람으로 인해 몸에 생채기가 생겼다.

"으음."

"크흑!"

몰아치는 바람의 칼날을 막고 피하며 일행은 황급히 뒤로 후퇴했다.

모두의 표정이 딱딱하게 굳어버린다.

"뒤로 물러서요."

현성이 말했지만 모두 그럴 수 없다는 결의에 찬 표정으로 신속하게 몸을 날려 남자를 에워쌌다.

포위됐지만 남자는 전혀 신경 쓰지 않았다.

오히려 히죽 웃었다.

"놈, 언제까지 잘난 척할 수 있는지 두고 보겠다! 이야야야 야얍!"

하칸이 전력을 다해 몸을 날렸다.

그가 노리는 곳은 남자의 상체였다.

미리 이야기가 된 것인지 율라가 그 뒤를 쫓았다.

그녀가 노리는 곳은 남자의 하체였다.

상체와 하체를 향해 맹렬한 속도로 짓쳐 드는 공격을 남자는 낫을 비스듬히 움직이는 것으로 모조리 막아냈다.

탕탕!

공격이 실패로 돌아갔지만 남녀는 뒤로 물러서지 않았다.

오히려 그 자세 그대로 몸을 홱 틀어서는 각자의 공격 지점을 바꿔서 공격했다.

절묘한 한 수요, 당황스러운 한 수였다.

하지만 이 기발하고 전격적인 공격 역시 남자에 의해 무산되고 말았다.

두 번의 연속적 공격은 두 사람의 허점을 노출시켰다.

남자는 이를 놓치지 않았다.

율라일까? 하칸일까? 남자가 누구를 노릴지 알 수 없었다.

하나 후방에서 내내 이를 유심히 지켜보고 있던 에리카는 남자가 노리는 대상을 알아차렸다.

바로 율라였다.

에리카가 몸을 날려 남자의 무기를 막았다.

남자의 눈매가 가늘어진다.

"손발이 척척 맞는군."

세 사람은 재빨리 남자로부터 거리를 벌렸다.

남자가 자신의 무기를 고쳐 잡은 그 순간 현성이 이를 기다렸다는 듯이 달려들었다.

제자리에서 몸을 회전한 남자의 낫 대와 현성의 광검이 충돌했다.

쾅!

벼락이 강타하는 소리와 함께 수많은 불똥이 사방으로 비산하며 시야를 가린다.

현성과 남자는 자신의 감각에 의존하여 상대를 향해 무기를 찌르고 휘둘렀다.

근접전에서 긴 무기는 유리하지 않다.

이 점을 고려했기에 현성은 근접전을 노렸던 것이다.

탕탕탕탕탕—!

두 사람은 서로의 감각에 의지한 채 상대를 향해 맹렬한 기세로 공격했다.

서로의 공격이 눈부신 속도로 맹렬하게 부딪치면서 주변은 부서진 지면의 잔해와 먼지가 올라와 짙은 안개를 형성했다.

율라, 하칸, 에리카는 이 싸움에 끼어들 엄두조차 내지 못했다.

"엄청나군. 끙."

하칸이 보기에 현성의 실력은 나날이 무섭도록 성장하고 있었다.

역시 예언의 기사로서 손색이 없다는 생각이 들었다.

현성이 강해지면 강해질수록 임무의 성공 확률이 올라간다.

율라 역시 감탄한다.

이 중 현성의 실력을 누구보다 잘 안다고 자부했던 에리카 역시 놀라는 눈치다.

'이전의 그와 비교조차 할 수 없을 만큼 성장했어. 대체… 어떻게?'

현성을 상대하는 남자 역시 당황하기는 마찬가지였다.

남자는 일반적인 방식의 싸움으로는 승부를 낼 수 없다고 판단했다.

무한한 시간이 주어진 남자에게 지금의 이 싸움은 잊고 있었던 생의 뜨거움을 느끼게 해주었다.

록스와 달리 이 남자는 전사의 피를 가진 자였다.

남자는 강맹한 힘으로 크게 낫을 휘두른 뒤 멀찌감치 물러섰다.

거리를 벌리면 자신에게 불리하다. 이를 아는 이상 그 맹점을 잃어버릴 수 없었다.

온몸의 힘을 두 다리에 불어넣어 그는 탄환처럼 남자를 향해 짓쳐 들었다.

"흠!"

남자의 입에서 순간 헛바람이 흘러나왔다.

현성의 빠름에 내심 당황하여 자신도 모르게 터뜨린 것이다.

카아아앙!

현성은 집요하게 남자를 공략했다.

방어를 도외시한 전격적인 그의 공격 수법은 사납고 맹렬했다.

또다시 먼지가 일어나 장막이 되었고 불꽃이 섬광처럼 그 속에서 뻑쩍인다.

율라, 하칸, 에리카는 넋을 놓고 지켜볼 수밖에 없었다.

두 사람의 전투는 시간이 갈수록 더 치열해지고 긴박해졌다.

인간을 언제든 눌러 죽일 수 있는 나약하고 하찮은 생명으로 취급했던 남자의 머릿속에 인간의 가능성에 대해 역설했던 어떤 이의 경고가 스쳤다.


…인간의 가능성은 집단의 힘이 이룩한 과시적인 성과보단 그 이면에 존재하는 그들 개개인의 미증유의 잠재력이다. 자연계의 구성 요소로서의 인간이 왜 두각을 나타냈는지를 살펴보라. 그들의 역사와 삶을 들여다보면 그 속에 감춰진 그들의 보석 같은 본질을 볼 수 있을 것이다. 자연 만물 중 유일하게 그들은 신의 반열로 올라설 수 있는 자격을 갖추었음을 상기해야…


가장 선하고, 따뜻하며, 자애로웠던 자의 목소리가 왜 지금에 와서 귀에 생생한지… 그때는 그의 인간에 대한 편파적인 편애라고 생각했지, 그 뜻을 깊게 생각하려 하지 않았었다.

콰아아앙!

"그림자의 천사인 나, 소우가 하찮은 벌레 따위를 인정할 것 같으냐! 으야야얍!"

남자, 아니, 소우는 자신의 무기에 신력을 불어넣었다.

이 자리에서 인간의 하찮음을 보여주겠노라! 맹세했다.

'록스, 그 멍청한 녀석은 스스로 그분의 밝음이라 칭하며 적당한 타협을 바랐다. 하지만 나는 결코 그딴 타협은 하지 않을 것이다. 완전한 종의 멸종! 그것이 너희 버러지 같은 인간들이 받아야 할… 숙명일 뿐이다!'

현성은 상대의 내심에 일어나고 있는 변화를 눈치챘다.

현성을 향한 소우의 공격은 속도와 위력 면에서 앞서와 상대가 안 될 만큼 높아져 있었다.

하지만 이 강력한 공격의 이면에는 전에 없이 허점이 만들어지고 있었다.

다 대 다 전투가 아닌 일대일 전투에서 흥분은 금물이다.

상대보다 월등한 실력이 아니라면 심장은 뜨겁게, 머리는 차갑게 해야 한다.

한데 상대는 이 간단한 원칙을 깨고 있었다.

회오리바람을 머금은 소우의 무기가 현성을 후려친다.

범위가 워낙에 넓었기에 피하기도 힘들고 막기도 힘들었다.

하나 현성에게는 몰아치는 거대한 힘을 막아낼 절대 방어력을 자랑하는 검막이 있었다.

땅과 하늘이 몽땅 터진 듯 엄청난 굉음과 충격파가 발생했다.

거대한 흙먼지 기둥이 가라앉을 때쯤 사람들은 볼 수 있었다.

"이, 이겼어!"

"아!"

"꿀꺽."

각기 다른 세 사람의 반응.

하지만 이들의 심정은 환희로 크게 차올라 있었다.

보라, 현성의 자광검이 꿰뚫고 있는 것을!

쩌쩌쩌쩍!

현성의 검이 박힌 중심부로부터 소우의 몸이 쩍쩍 갈라지면서 깨지고 있었다.

소우는 믿을 수 없다는 표정으로 현성을 노려보며 이를 갈아붙였다.

"너… 너는, 아니, 당신이? 크크. 그녀가… 그랬었군. 그랬어! 그랬던… 크아아아악!"

카리스마를 불꽃처럼 휘감고 등장했던 소우는 얕잡아 보았던 인간에게 끝내 당하고 말았다.

하지만 소멸에 앞서 그는 분노하기보다는 왠지 허탈한 표정을 짓다 사라졌다.

휘이이이이.

무풍지대인 들판에 바람이 불었다.

그 바람은 무한의 들판을 먼지처럼 날려 버렸다.

들판이 사라진 곳에 인골의 열주들이 어둠을 두르고 흉흉한 모습으로 쭉 서 있었다.

"…다시 이곳이군."

나직한 목소리로 하칸이 혼잣말처럼 말한다.

그래도 다행이라는 느낌이 그의 표정과 말투에서 느껴진다.

*　　　*　　　*

지구를 공략하던 거대 비행 생명체 절멸자.

하늘을 제 몸뚱이로 막고 있던 이 거대한 생명체들이 돌연 흔적도 없이 사라졌다.

더불어 몬스터 게이트로부터 지상에 유입되던 후이넘의 숫자도 현저히 줄어들었다.

이 기적 같은 일에 인류는 안도의 한숨과 환호성을 동시에 터뜨린다.

몇 개월 만에 처음으로 맑은 하늘을 지구인들은 가슴 활짝 펴고 볼 수 있었다.

악신의 궁에서 현성이 악천사 록스를 부상 입히고, 그림자 천사 소우를 소멸시키면서 그 영향이 이곳까지 미친 것이다.

아니, 에덴계 전체에 영향을 주고 있었다.

그러나 아무도 그러한 사실을 알지 못했다.

재앙이 걷히는 징조에 그저 감사할 따름이다.

"와아아아아!"

"절멸자가 없어졌어. 절멸자가 없어졌다고!"

가까운 일본이 절멸자의 그림자로 뒤덮였었다.

그리고 후이넘이 절멸자의 몸에서 소낙비처럼 떨어져 그곳을 초토화시켰다.

지하로 피한 일본의 생존자들과 연락을 통해 그곳의 참상을 생생하게 전해 들을 수 있었다.

다음은 일본과 지리적으로 가장 가까운 대한민국이 절멸자를 맞이할 차례였다.

하나 이제는 그 걱정이 사라졌다.

"언니, 몸은 괜찮아요?"

아연과 희연이 배가 점점 불러오는 민연을 걱정스럽게 바라본다.

"음, 괜찮아."

민연의 얼굴은 많이 수척해져 있었다.

"현성 오빠는 반드시 언니와 조카에게로 돌아올 거예요."

아연의 위로에 민연은 웃었다.

어젯밤에 그녀는 현성을 꿈속에서 만났었다.

괜찮아? 기다려. 반드시 돌아갈게. 이리 말하며 그는 민연을 향해 환하게 웃어주었다.

그의 웃음이라니, 꿈이니까 볼 수 있는 얼굴이리라.

'믿어, 당신 돌아올 거란 걸. 절멸자가 사라진 것도 당신이 큰일을 해주었기 때문이겠지? 당신은 늘 묵묵히 사람들을 잘 도와주는 따뜻한 남자니까.'

오직 민연만이 절멸자가 사라진 일과 그를 연관 지어 짐작할 뿐이다.

\*          \*          \*

단 0.1퍼센트에 불과한 미미한 승리 확률에다 자신의 모든 것을 현성은 내걸었다.

지나고 나서 돌아보니 그때의 자신은 승리를 향한 피의 환희에 미쳐 있었다.

언제부턴가 무미건조하고 단조로운 혼자만의 나날에 타인을 하나둘 허락하면서부터 그의 세계에도 변화가 찾아왔다.

세계라는 거창한 이름을 붙이기에 개인은 보잘것없다는 말로 자신을 비하하지 말자.

모든 생명은 그 자체만으로도 세계라는 칭호를 붙여줄 수 있다.

물론 해당 사항은 인간만이 아니다.

아무튼 이 일그러진 극단적인 전장에서 현성은 승리를 향해 나아가려는 자신의 집요함과 맹목성에 스스로 이질감을 느꼈다.

칼로 일어선 자, 칼로 망하고 재물로 남을 괴롭힌 자, 권력에 무너지고 권력은 민중에 의해 그 자리를 박탈당하고 만다.

이는 시계처럼 정확한 현상이다.

'내 속에… 괴물이라도 사는 걸까?'

지금 그는 깊은 어둠 속에 빠져 있었지만 그것에 침습되지는 않았다.

왜냐면 그의 마음속에는 승리를 향한 맹목적인 집착만큼이나 거대한 원동력인 '그리움'이 있었기 때문이다.

그리움. 그것은 서러운 눈물과 따뜻한 미소의 또 다른 숨은 이름이 아닐까.

현성은 이 그리움을 심장에 품었고 승리를 향한 집착을 머릿속에 품고 있었다.

이 두 가지 성질은 그의 안에서 상생하며 그에게 현실을 이겨 나갈 수 있도록 해준다.

"삶이 너무 힘들고 진저리 치게 고달파도 그래도 웃을 일 하나는 마법처럼 생긴다는 말이 맞다는 생각이 드네요."

동료를 가슴에 묻었다.

어찌 슬프지 않으랴.

하지만 그 슬픔에 빠져 좌절하고 멈춘다면 이는 동료의 희생을 모욕하는 짓이다.

그렇기에 살아가는 자는 그들의 몫까지 최선을 다해야 하는 것이다.

하칸이 잡담 주머니를 푼다.

세상이 각박하고 힘들 때 사람들은 가볍고 유치한 웃음을 찾는다.

세상이 밝고 아름다울 때 사람들은 진지하게 고뇌할 수 있는 사색의 주제를 찾는다.

길을 잃지 않고 먼 길을 날아가는 철새에게 생체 레이더가 있다면 인간에겐 자신을 잃지 않으려는 균형감(?)이 존재한다.

칙칙한 환경.

끔찍한 인골의 열주를 걸어가면서도 잡담할 여유를 부리는 건 이 때문이 아닐까.

의외로 에리카가 하칸의 말동무가 되어준다.

"좋은 말이네요, 하칸 씨."

"하핫. 제 할아버지가 가끔 그러시더라고요. 제가 기사 수업이 힘들다고 하소연하면 늘 인자하게 웃으시면서……."

옛 기억이 떠오른 것일까? 하칸의 입가에 따뜻한 미소가 어린다.

율라는 하칸이 가끔 말을 끝맺지 않는 경향이 있음을 알고 있었다.

그래서 그를 대신해서 율라가 말을 이어나갔다.

"하칸의 할아버지는 저희 세계에서 유명한 기사였습니다. 그 때문에 사람들이 하칸에게 거는 기대가 몹시 컸었죠."

툭.

율라가 팔꿈치로 쳐 주자 그제야 정신을 차린 하칸이 인상과 덩치에 어울리지 않게 배시시 웃으며…

"저야 가문의 도움이 있어서 실력 향상에 도움을 받았지만 율라 님은 누구의 도움도 받지 않고 오직 혼자서 높은 경지에 이르렀죠. 처음엔 뭐랄까? 시기와 질투에 빠져 율라 님을 참 많이 괴롭혔죠. 흠, 매번 제가 당하는 것으로 끝이 났지만 뭐 어쨌든 다 어린 날의 추억이죠. 하하."

"어린 시절이요?"

"예, 그때 제 나이가 아흔쯤… 그쯤이죠, 율라 님?"

하칸의 물음에 율라는 진지한 표정으로…

"그때의 넌 참 철이 없었지."

두 사람은 나름 진지하게 추억을 회상한다.

반면 에리카는…

'저들은 인간이 아니고… 음, 혹시 하프 엘프들인가?'

사람이 아흔 살에 사춘기를 겪고 200살이 돼서야 겨우 '너, 이제 제대로 사람 구실 하겠구나!' 라는 말이 자연스럽게 오가는 이 세계를 어떻게 지구인의 상식으로 납득할 수 있을까.

한데 왜 이곳 사람들은 저리도 오래 살까?

"저… 율라 님."

"예, 에리카 님."

"이곳 사람들은 어째서 평균 수명이 그렇게 길죠? 평균 수명만 보면 소설에 나오는 요정족 엘프 같다는 생각이 들어요. 아, 엘프는… 그런 종족이에요."

에리카의 설명에 율라와 하칸은 그녀가 읽었다는 그 책의 내용을 궁금해했다.

"그처럼 아름답고 고귀한 종족으로 봐주시니 고맙네요. 하지만 저희도 현성 님과 에리카 님처럼 인간입니다. 저희의 수명이 긴 이유는 심원의 나무님의 영향이 아닐까 싶네요."

"심원의 나무… 님요?'

"굳이 꼽으라면 그분이 우리의 세계에 계시기 때문에 여기 사는 우리에게 장수의 축복이 함께하는 게 아닐까 싶어요."

"부러운 얘기네요. 아니, 어떤 이들에게는 저주일 수도……."

삶에 지치고 상처받은 사람들에게 삶은 끔찍한 지옥의 구덩이가 아닐까.

그들은 삶을 견디다 못해 스스로 극단적인 선택을 하여 주변 사람들에게 평생을 안고 가야 할 충격과 슬픔을 남겨놓고 떠나 버렸다.

자살. 그 극단적인 방식으로 그렇게들 사라졌다.

스킬러 카드란 이런 자들에게 일종의 복권과 같았다.

에리카 역시 당첨자였다.

그 전까지 그녀의 삶은 늘 나락의 연속이었다.

'개구리 올챙이 적 생각 못 한다더니.'

씁쓸한 표정이 에리카의 얼굴 위로 떠오른다.

하지만 당장 걱정해야 할 일은 이곳에서 끝까지 살아남아 돌아가는 일이었다.

그리고 이곳에서 살아 돌아가기 위해서는 저 남자, 선우현성에게 그림자처럼 붙어 있어야 한다.

율라와 하칸의 표정이 돌변한다.

남녀에게서 긴장감이 뭉게구름처럼 피어오른다.

그 기운은 순식간에 모두가 공유한다.

"어, 어떻게!"

"……!"

현성과 일행 앞에 믿어지지 않는 일이 벌어졌다.

살만, 에반, 클레흐, 장국정, 자보, 루도 외 앞서 사망한 용사대가 백지장처럼 창백한 눈을 한 채 이들의 앞을 막고 있었다.

모두 살아생전의 모습 그대로였다.

하지만 이는 형상만 그러할 뿐 저들에게서 풍겨 나오는 분위기와 표정은 사람의 그것으로 보기 힘들었다.

피눈물 흐르는 가슴속에 고이 묻어두었던 동료들이 이제 적이 되어 모두의 앞길을 가로막고 있었다.

스스스스스.

아흔여섯 명의 용사가 검을 뽑아 일행을 향해 겨누며 성큼성큼 걸어온다.

싸우기 싫은 상대였기에 일행은 뒷걸음질 치다가 곧 걸음을 멈춘다.

"저들을 뚫지 못하면 다음으로 넘어갈 수 없겠군요."

비분강개함을 애써 담담한 표정으로 감추며 하칸이 앞으로 걸어나간다.

그의 눈동자는 몹시 흔들렸으며 그 표정은 분노로 부들부들 떨리고 있었다.

하칸의 녹색 광검은 그 어느 때보다 이 순간 뜨겁게 타오른다.

율라와 에리카는 그와 어깨를 나란히 한다.

현성은 지금 주변을 살피고 있었다.

매 장소마다 지휘관급의 강력한 존재가 등장했다.

이번에도 록스나 소우 같은 자들이 근방에 있지 않을까 싶어서였다.

아직 그러한 기미는 보이지 않았지만.

쿠아아앙!

어두운 밤하늘을 하얗게 불태우는 섬광이 폭발한다.

죽은 자들의 강력하고 무정한 회색 이빨과 산 자의 서글픈 붉은 이빨이 충돌한다.

폭발하는 그 새하얀 섬광 속에서 이들의 형체는 이지러지고 흔들린다.

쾅쾅! 챙챙챙!

한 손이 열 손을 어찌 감당할까? 더욱이 개개인의 실력이 압도적인 우위에 있는 것도 아니다.

광검의 위력을 굳이 떠들 필요 없다. 쇠붙이든 바위든 닿는 족족 도마에 오른 두부 신세다.

이 흉흉한 전투는 그래서 한 치의 방심, 동정, 주저함을 용납하지 않는다.

각자 최선을 다해서, 최고의 기량을 뽑아서 뼈아픈 싸움에 임해야 했다.

'저들뿐인가?

아무리 살펴보아도 록스나 소우 같은 존재는 보이지 않았다.

자신이 찾지 못한 것인지도 모른다.

하지만 당장 중요한 것은 저들 96명의 언데드 용사다.

츄아아아앙!

현성이 자광검을 뽑아 들고 싸움에 뛰어들었다.

아는 얼굴이 보인다.

자신에게 선의를 베푼 자들도 있다.

하나둘 그의 검에 서글픈 육신이 소멸한다.

채에에엥!

현성의 검을 가로막은 적광검!

검은 얼굴의 살만이 현성을 막는다.

잠시 주춤한 틈에 사방에서 굶주린 아귀처럼 언데드 용사들이 그를 향해 달려든다.

살만의 복부를 걷어차서 밀어낸 현성은 상체를 낮추어 팽이처럼 빙글 돈다.

서걱.

몸뚱이를 지탱하던 다리를 잃은 자들이 무너진다.

그 와중에도 이들은 현성을 향해 함께 죽자며 방어를 도외시한 채 검을 내지르고 휘둘렀다.

여기에 순순히 당할 현성이 아니었다.

그는 상대의 검을 밀어냄과 동시에 전격적으로 그 얼굴을 반으로 쪼개 버렸다.

얼굴이 잘린 자들이 그 상처 부위에서부터 타들어가더니 종국에는 불씨처럼 흩어진다.

언데드가 된 사람들의 서글픈 최후였다.

"에리카, 피해!"

하칸의 음성이 폭발한다.

세 명과 맞서 싸우고 있던 에리카는 자신을 급습하는 자를 보고 화들짝 놀랐다.

허공으로 살짝 몸을 띄워 빠르게 비튼 그녀는 간발의 차이로 급습을 피했다.

화가 난 에리카의 검이 상대의 목을 날린다.

그 순간 그녀가 상대했던 자들이 공격해 들어온다.

근방의 율라가 급히 뛰어들어 와서 이들의 공격을 막아주었다. 그 틈에 에리카는 주저 없이 급습자의 목을 날려 버렸다.

투웅, 푸화확.

허공으로 튀어 오른 급습자의 머리통이 뭉쳐진 불씨가 확 퍼지듯 사라진다.

머리를 잃고 움찔거리던 육신 역시 마찬가지였다.

일행의 상황을 살핀 현성은 그들이 쉽게 당하지 않을 것임을 알 수 있었다.

하긴 대부분의 언데드 용사들은 일남이녀보다는 현성을 주 표적으로 삼고 달려들었다.

"으야야야얍!"

힘찬 기합과 함께 현성이 허공으로 도약한다.

그러자 그를 쫓아 언데드 용사 십여 명도 몸을 뽑아 올린다.

허공에서 몸을 비튼 현성이 아래를 향해 맹렬한 기세로 검을 뿌렸다.

십여 개의 검이 현성의 검막에 막혔다.

그 반탄력에 그들의 중심이 무너지자 매가 병아리를 낚아채 듯 두 명의 머리통을 세로로 쪼갠 뒤 사방으로 검을 찔렀다.

지면에 발을 디딘 자는 현성이 유일했다.

그의 주변으로 불씨가 함박눈처럼 날린다.

휘우우우웅.

'숫자가 너무 많아.'

두 눈매를 가늘게 한 현성은 대량 살상에 필요한 기술이 뭐 없을까 궁리한다.

다른 이들과 달리 다수의 적을 상대함에도 그는 여유가 있었다. 압도적인 실력 차이 때문이었다.

좌라라라락.

검막을 펼쳐 자신을 둘러싼 현성의 몸으로 광검들이 적중한다.

팅팅팅팅!

반탄력에 밀린 검과 함께 그 주인들이 일제히 주춤 물러선다.

이 모습을 보자 검막을 단순한 방패가 아닌 공격용으로 바꾸면 어떨까 하는 생각이 번쩍하고 그의 뇌리를 스친다.

언데드 용사들의 전투 패턴을 볼 때 이를 잘만 이용하면 다수의 적을 손쉽게 쓰러뜨릴 수 있을 것 같았다.

"모두 내 뒤를 따르면서 적을 쳐!"

크게 소리친 현성이 검막을 몸에 두른 채 탱크처럼 내달린다.

그의 검막에 걸린 자들 모두가 중심을 잃거나 주저앉았다.

언데드 용사 모두 생전의 반사 신경과 전투 감각을 상실했기에 단순한 전법에 무력하게 쓰러졌다.

에리카, 율라, 하칸이 현성의 뒤를 쫓으며 쓰러진 언데드 용사들을 볏짚처럼 베어 넘겼다.

네 사람이 이렇듯 합을 이루자 승리에 가속도가 붙는다.

"헉헉헉."

"하아하아."

"휴우."

다들 파김치가 되어 바닥에 주저앉았다.

전우이자, 동료이자, 친구를 베었다는 괴로움은 이들의 표정에서 찾을 수 없었다.

아마 그들의 시신이 처참한 모습으로 눈앞에 깔려 있었다면 다들 괴로워하지 않았을까.

어쨌든 96 대 4의 전투는 4의 압도적인 승리로 그렇게 끝이 났다.

하지만 끝은 새로운 시작을 의미한다.

신속하고 파격적인 방식으로.

장중한 음악이 사방을 꽉 채운다.

그 속으로 신묘한 향기가 퍼져 나간다.

"뭐지, 이 냄샌?"

음악 소리와 함께 모두가 벌떡 일어나 서로 등을 맞붙인 채 사방을 경계하다 돌연 맡게 된 이 냄새에 모두가 당황한다.

적이 또 어떤 방식으로 자신들을 괴롭히려는 걸까? 상상력을 동원해 봐도 음악과 향기로는 좀처럼 알기 힘들다.

그저 적이 눈앞에 나타날 때까지 긴장의 고삐를 바짝 쥐고 기다릴 도리밖에.

"마취 향은 아닌 것 같은데?"

하칸이 눈살을 찌푸리며 킁킁거린다.

"독도 아닌 것 같아."

기운을 제 몸 안으로 돌려서 꼼꼼히 이를 확인한 율라.

"클래식 전당에 온 것 같네."

음악에 귀를 기울이는 에리카.

현성은 묵묵히 거미줄처럼 사방으로 감각을 쭉 뻗어서 적을 탐지한다.

'미로가 끝인 줄 알았더니 그보다 더 심하군.'

모든 정보를 완전하게 신뢰할 수 없다는 것쯤은 현성 역시 인지하고 있는 부분이다.

더욱이 이곳은 신이라 불리는 자의 거처가 아닌가.

지금의 이 장중한 음악과 향기가 이 궁의 주인, 악신 케찰코아틀루스의 등장을 의미하는 것이라면…

'좋겠군.'

길고 긴박한 싸움의 연속이다.

이제 이 싸움의 종지부를 찍을 때가 되지 않았나 싶다.

너무 성급한 것일까? 현성은 자신이 부쩍 서둘고 있음을 느낀다.

이런 마음 상태로는 하지 않을 실수도 하게 된다.

현성은 스스로 자신에게 경종을 울린다.

장중한 음악은 조금씩 비탄의 먹먹한 감정을 유발하는 색을 띤다.

그리고 모두가 기다렸던 이 기현상의 유발자가 그 모습을 드러냈다.

"넌!"

"록스!"

"멀쩡하군."

율라, 하칸, 에리카의 입에서 신음이 흘러나온다.

현성에게 혹독하게 당한 록스는 단기간에 회복이 불가능해 보였었다.

한데 그 상처가 어디로 갔는지 멀쩡한 모습으로 눈앞에 떠 있었다.

놈의 발치에는 검은색 갑주의 기사들이 도열한 채 안광을 시퍼렇게 빛내며 투기를 발산 중이었다.

그 숫자는 어림잡아 수백은 되어 보인다.

인해전술이란 소수에게는 막막한 벽과 같은 것이다.

더욱이 앞선 싸움으로 다들 지친 상태였기에 압박감은 좀 전보다 더 심했다.

"소우 녀석을 꺾고 여기까지 오다니… 예상 밖이었다, 선우 현성."

더욱더 푸르게 빛나는 록스의 긴 머리카락과 반질거리는 여 덟 장의 위엄을 발산하는 검은 날개.

녀석에게서는 만인을 압도할 만큼 대단한 기세가 뿜어지고 있었다.

앞의 녀석과는 딴판이다.

분위기와 느낌도 동일 인물인지 의심이 갈 지경이다.

"깨졌으면 알아서 찌그러져 있던가. 왜 또 기어 나왔나? 넌 수치도 모르는가, 악천사 록스여!"

하칸이 성큼성큼 걸어 나와 비웃음 가득한 얼굴로 록스를 향해 호통친다.

"너 따위가 끼어들 자리가 아니다!"

"뭐시라! 감히 악마의 졸개가 어디서 망발이냐! 이 하칸 님이 그리 호락호락해 보이더냐!"

"졸개? 크크. 뭐, 틀린 말은 아니지. 하지만 같은 졸개라도 너와 난 수질이 다르다, 되다 만 멧돼지 군."

"멧돼지에 받히면 약도 없다는 속담이 있지. 사내답게 붙어 보자!"

자신이 록스를 상대할 수 없음은 하칸 본인이 잘 알고 있었다.

그럼에도 그가 나선 이유는 단 하나였다.

현성의 체력 회복에 조금이나마 도움이 되고자 하는 마음이다.

비릿한 미소를 입가에 머금은 록스의 검지가 총구처럼 하칸을 가리킨다.

그 검지에 맹렬한 기운이 뭉쳐지더니 그 힘이 탄환처럼 쏘아져 나왔다.

투아아앙!

"위험해!"

"피해!"

다급한 기색으로 동시에 소리친 율라, 에리카와 달리 미리 대비하고 있던 현성은 몸을 날려서 하칸을 그 자리에서 밀쳐 냈다.

콰앙!

지면을 강타한 탄환이 바닥에 깊고 시커먼 구멍을 만들었다.

그 구멍에서 돌이 타들어가는 매캐한 연기와 냄새가 주변으로 퍼져 나간다.

이 굉음을 끝으로 음악이 사라지고 그 자리를 검은 기사들의 투기가 대신 채운다.

척척척척!

"너희 떨거지들은 나의 들개들과 어울려서 뒈져라. 그것이 너희 떨거지들의 약속된 운명이다."

투기의 불꽃을 전신에 두른 검은 기사들이 일제히 움직인다.

놈들은 앞서 이들이 미로에서 만난 바 있었던 강력한 그 기사였다.

하나도 상대하기 힘들었던 놈들이 무려 100기.

"저들은 우리가 상대하겠어요. 현성 님은 저자를 상대하세요."

다부진 눈빛과 표정으로 율라가 자신의 광검을 뽑는다.

그 좌우에 에리카와 하칸이 어깨를 나란히 하며 현성을 바라본다.

결의로 가득 찬 그 눈빛과 표정에선 죽음을 각오한 자들의 다부진 의지가 불길처럼 치솟았다.

현성은 말없이 끄덕이며 검은 기사들을 향해 뛰어 나간다.

놈들의 검을 피해 어깨를 징검다리처럼 밟고 록스에게로 접근한 현성이 두 다리에 힘을 부쩍 주어 도약한다.

스팟!

록스는 현성을 피하지 않았다.

그와 정면으로 부딪쳐 승부를 볼 심산인지 이번엔 작정한 분위기다.

"어리석은 자들은 타협의 미덕을 모르다 끝내 통한의 눈물과 함께 초라하게 꺾이는 법이지. 오만한 자여, 네가 설사 그라도 지금은 한낱 미천한 인간일 뿐이다. 이런 널 보겠다고 그 긴 세월을 기다렸던 그녀의 마지막 가는 모습이 어땠을지… 자신을 알아보지도 못하는 님을 스치고 또다시 그 긴 윤회의 회전문으로 들어간 그 마음이 어땠을까? 크크."

쉬잇!

현성의 광검이 록스를 향해 짓쳐 들어 번개 같은 속도로 갈라 버렸다.

하지만 그가 가른 것은 안타깝게도 녀석의 잔상에 불과했다.

"그녀가 궁금하지 않나?"

"말이… 많다! 타앗!"

지면에 착지하자마자 현성은 록스를 향해 재차 뛰어들었다.

필사적으로 달려드는 현성의 모습에 록스는 혀를 찼다.

"하아, 이래서 늘 사랑은 큰 쪽이… 베푸는 쪽이 더 아프다니까. 나의 주인처럼."

피하기만 하던 록스가 이번에는 현성의 검을 맞이했다.

두 개의 검이 충돌하자 지면이 으깨어지는 묵직하고 둔중한 소리가 폭탄처럼 터진다.

쿠아아아앙!

두 사람을 중심으로 충격파가 사방으로 성난 파도처럼 뻗어 나간다.

인골의 열주가 온몸을 뒤틀어 요동치며 곧 쇠를 긁는 듯한 끔찍한 울부짖음을 터뜨린다.

그 소리는 귀가 아닌 마음의 귀를 후벼 파고 갉아댔다.

찰나의 순간 두 사람은 수십 합의 공방을 펼쳤다.

전광석화 같은 그들의 솜씨는 너무 빨라서 제대로 알아볼 수조차 없었다.

"짧은 순간 더 강해졌군."

록스는 두 눈에 이채를 띠면서 칭찬의 말을 툭 던졌다.

녀석의 칭찬에도 현성은 표정 하나 바뀌지 않은 채 놈을 죽이기 위해서 최선을 다했다.

잡념을 갖고 상대하기에 록스는 너무 강력한 존재였다.

몸의 훼손을 각오하면서까지 놈의 방심을 끌어내 결착을 보려 했을 정도이니 굳이 무슨 말이 더 필요할까.

'더, 더 강해져야 한다! 나는 힘이 필요해!'

현성은 속으로 끊임없이 자신을 닦달하며 속도에 속도를 덧붙인다.

근육이 견디다 못해 찢어지고 뼈가 일그러지다가 곧 끊어질 것 같았다.

참기 힘든 이 고통을 현성은 오로지 록스를 죽이고 말겠다는 집념의 에너지로 환원했다.

이깟 고통쯤 놈을 완전히 죽여 버릴 수 있다면 백 년을 웃으며 버티겠노라!

그는 그렇게 아우성치는 제 몸뚱이를 향해 성난 표정으로 소리 질렀다.

지금의 현성은 마치 브레이크가 고장 난 폭주 기관차와 같았다.

"으야야야야야얍!"

펄럭.

현성의 움직임이 순간 폭발적으로 증가한다.

예상을 웃도는 그의 갑작스러운 속도와 변칙적인 공격 수법에 여유만만이던 록스도 깜짝 놀라 재빨리 물러선다.

그러곤 검지로 에너지 탄을 연속으로 날린다.

쾅쾅쾅쾅쾅쾅!

온몸에 자색의 검막을 두른 현성은 물러서지 않았다.

죽을힘을 다해 록스에게로 짓쳐 들었다.

저돌적인 그의 맹공과 박력이 록스의 여유를 삭혀 버리고, 익혀 버린다.

점점 굳어가는 록스의 두 눈에서 살기가 면도날처럼 스며 나온다.

"그 사이에 또 스킬이 늘었군. 하지만 이러면 네가 날 어찌할 상대할 테냐! 크크크."

록스가 바닥에 자신의 검을 찔러 넣었다.

그러자 그 중심부로부터 시작해서 사방으로 금이 쩍쩍 가더니 바닥이 붕괴하기 시작했다.

이 불의의 일격은 싸움에 초집중하고 있던 현성의 마음을 크게 뒤흔들었다.

바닥이 무너진 곳을 보라. 그것은 악마도 한 번 빠지면 두 번 다시 빠져나올 수 없을 칠흑의 무저갱을 보는 듯하다.

바닥의 붕괴 현상은 점점 더 빨라지고 그 범위도 넓어졌다.

후퇴할 것이냐, 전진할 것이냐.

두 가지의 갈림길이 현성에게 던져졌다.

이대로 놈을 물고 늘어진다면 이겨도 저 무저갱에 떨어질 게 뻔했다.

악신을 상대하다 힘이 다해 쓰러진 것이라면 덜 서글프고, 덜 분할 것이다.

하나 고작 악신의 주구 따위와 싸우다 저 끝도 없는 칠흑의 세계로 떨어진다면…

'기세를 탄 지금 물러섰다간……!'

반드시 돌아가겠다는 자신의 다짐을 지키지 못할지도 모른다는 생각이 울컥 치민다.

마음이 산란하여 손발이 어지럽다.

탄탄한 검막도 그의 마음이 흔들리자 그 힘이 약화됐다.

출렁.

커다란 바닥의 파편과 함께 아래로 추락하던 현성이 이를 악물었다.

후퇴는 늦었다.

현성은 결단을 내렸다.

전의를 불태운다.

흔들렸던 마음을 단숨에 잘라 그 고통을 전투에 쏟아붓는다.

일념(一念)!

"타앗!"

추락하는 파편을 디딤판 삼아 한 마리 날쌘 제비처럼 위로 올라간다.

죽음을 각오한 자에게는 두려움이 있을 수 없다.

슬픔과 그리움은 저 지저의 무저갱 속에 떨어져 영겁 동안 되씹어도 되리라.

"네놈을… 네놈만은 반드시 죽인다!"

"과연 그럴 수 있을까?"

퉁퉁퉁퉁퉁!

자신을 향해 쇄도하는 현성을 향해 록스는 연달아 에너지 탄을 쏴댔다.

쾅쾅쾅쾅쾅—!

현성이 디딘 조각이 에너지 탄환에 맞아 흔적도 없이 사라졌다.

우르르.

인골의 열주가 도미노처럼 쓰러진다.

일행의 안위가 걱정스러웠지만 지금 상황에서는 뒤돌아볼 겨를도, 짬도 사치였다.

쾅쾅쾅쾅쾅쾅!

폭음과 바닥의 파편이 맹수의 이빨처럼 달려든다.

검막이 없었다면 현성의 몸은 갈가리 찢겨 버렸을 것이다.

'원거리 공격이 필요하다!'

최고의 무술가도 저격수의 한 방으로 순식간에 나가떨어진다.

근접전에서 현성은 록스보다 약간의 우위를 차지했을 뿐 결정적인 타격은 주지 못했다.

이는 록스 역시 매한가지다.

그래서 놈은 우회적인 방식으로 현성을 공격했고 그 방식이 제대로 먹히고 있었다.

"크하하하하! 발버둥 치는 벼룩 같구나. 벼룩 같아."

언제까지나 검막을 형성한 채 이처럼 놈을 향해 달려갈 수만은 없었다.

그렇다고 당장에 검막을 회수하자니 폭발력에 의해 가속도가 붙은 파편을 조심해야 한다.

문득 검막을 두들기는 저 무수한 파편을 이용하면 어떨까 하는 생각이 뇌리를 스친다.

'검막을 회전시켜 그 힘으로 파편을 날린다! 당장 사용할 수 있는 방법은 이뿐인가?'

자욱한 돌가루가 현성의 주변을 가득 채운다.

이 돌가루가 쌍방의 시야를 차단하는 효과를 주었다.

범인이나 시각에 의존하지, 고수는 시각에만 의지하지도 사로잡히지도 않는다.

두 사람 모두 고도의 전투 감각을 가진 존재들이다.

영감을 쫓아 현성은 검막을 회전시켰다.

생각처럼 쉽지 않았지만 이제 와서 그만둘 입장도, 처지도 아니다.

록스의 에너지 탄을 피해 이리저리 움직이던 현성은 드디어 파편을 끌어들여 날릴 수 있는 요령을 터득했다.

'됐다!'

기대한 것만큼의 위력을 보여주면 좋겠으나 적의 원거리 공격을 방해하는 걸림돌로만 작용해도 그나마 지금보다는 훨씬 낫다.

검막을 생성하고 유지하는 일만 해도 사실 만만찮은 힘이 들어간다. 여기에 이를 유지하고 이리저리 몸을 날리니 숨이 턱턱 막히고 머리가 쪼개질 듯 아팠다.

이런 상황 속에서 연습조차 해보지 않았던 기술을 사용하자니 부담감이 몇 배나 가중된다.

"가랏!"

온몸의 힘을 쥐어짜 내어 현성이 소리친다.

회전하는 검막에 빨려든 주변의 파편이 회전력을 얻어 록스를 향해 쏜살같이 날아간다.

쐐애애애애액!

파편의 소낙비.

예상치 못했던 현성의 반격은 느긋했던 록스의 표정을 단숨에 바꾸어놓았다.

전투 양상이 달라지는 순간이었다.

*　　　*　　　*

**쾅쾅쾅쾅쾅!**

예상하지 못한 현성의 공격은 록스를 당황케 만들었다.

완벽한 승리를 위해 녀석은 자신의 장기를 살려서 싸움에 임했다.

그래서 승리에 대한 확신이 녀석의 마음속에 굳건한 탑처럼 세워졌었다.

한데 현성으로부터 예상 밖의 반격을 받게 되자 앞의 패배가 록스의 뇌리를 스치면서 그를 불안케 만들었다.

확실히 록스는 근접전에 탁월한 전사 타입과는 거리가 멀다.

적어도 전사라면 싸움에 임함에 있어 승리를 위해서는 제 목숨쯤은 길가에 굴러다니는 돌멩이쯤으로 여겨야 한다.

승리는 바로 죽을 각오에서 꽃을 피우는 법이기에.

그러나 록스는 자신의 목숨을 승리보다 우선시했다.

그래서 녀석은 제대로 대응하지 못한 채 밀려오는 파편의 암기를 피해 버렸다.

녀석의 견제를 받던 현성에게 절호의 기회가 찾아온 것이다.

더 이상 검막을 유지할 기력이 떨어진 현성이었다.

에너지 탄은 더 이상 날아오지 않았기에 당장의 걱정은 덜 수 있었다. 문제는 급속도로 무너지기 시작하는 바닥의 추세와 그 범위다.

"후퇴해!"

검은 기사들과 맞서 싸우던 일행에게도 붕괴의 영향이 미쳤다. 다급한 목소리로 율라가 소리치자 하칸은 두말하지 않고 곧장 뒤로 몸을 빼냈다.

반면 에리카는 망설이는 표정으로 주저했다.

현성의 그림자처럼 따라붙어야만 살아서 귀환할 수 있다는 맹목적인 믿음이 그녀를 멈칫케 한 원인이다.

하지만 무너지는 바닥을 지나 현성에게 갈 재주가 없는 이상 피할 도리밖에 없다.

이 순간 가장 아쉬운 능력은 역시 공간 이동이다.

'중요한 때에 능력을 사용할 수 없다니!'

아쉽지만 에리카도 율라와 하칸을 쫓았다.

그 뒤를 검은 기사들이 쫓는다.

후방의 검은 기사들은 제 주인의 무차별적인 파괴 행위에 의해 어이없이 칠흑의 무저갱 아래로 후드득 떨어졌다.

이제 놈들의 숫자는 고작 30기. 그래도 이를 상대해야 할 세 사람에게는 여전히 많은 숫자였다.

스팟!

온 힘을 다해 현성이 록스를 향해 몸을 날린다.

인골의 열주가 쓰러지는 그 틈을 아슬아슬 빠져나가 자신을 찾는 록스를 향해 모든 힘을 쥐어짜서 검을 내지른다.

"크아아아악!"

록스의 입에서 비명이 터진다.

현성의 얼굴에서 짙은 아쉬움이 피어난다.

그가 노린 것은 놈의 허리지, 고작 발모가지가 아니었기에.

'운 하나는 타고난 놈이구나!'

고통은 분노를 일으키고 분노는 없던 용기도 갖게 한다.

록스의 전신에서 살기가 산처럼 일어선다.

현성은 더 이상 딛고 올라갈 발판을 찾을 수 없었다.

그에게 허락된 것은 추락뿐이었다.

슈아아아아아.

무저갱이 그를 향해 입을 쩍 벌리며 입맛을 다신다.

허망하다.

가슴이 먹먹하다.

그리움이 불길처럼 일어나 온몸을 태워 버리는 것 같다.

쒜애애애애액!

록스가 현성을 향해 내리꽂힌다.

의외로 록스가 제 발로 달려들자 현성은 놈과 함께 지옥에 가기로 결심했다.

그곳에 가서 놈을 영원히!

"크아아아아아아—악!"

록스의 입에서 비명이 터진다.

현성의 검이 놈의 심장을 찌르고 거기서 오른쪽 허리까지 사선으로 그어버리면서 몸을 조각내 버렸기 때문이다.

그리고 현성 역시 록스의 검에 의해 깊은 검상을 당했다.

심장에서 살짝 벗어난 부위였지만 상처의 깊이와 크기는 특별한 조치를 받지 않고서는 내일을 장담할 수 없을 만큼 위중했다.

"비, 빌어먹을… 세상을 구한 맛이 어떠냐?"

키득키득 웃으며 록스가 말한다.

죽어가는 놈의 웃음이 처량하고 안 되어 보인다.

웃긴 노릇이다.

하지만 함께 지옥으로 떨어지는 입장에서 놈을 증오하고 원망하는 마음도 싹 가신다.

격앙된 감정은 내일이 있는 자들의 몫이기에.

"악신을 죽이지 않은 내가 무슨 세상을 구했다는 것이지?"

"미천한 인간이여, 그분께서 인간에게 환멸을 느끼셨지만 그 성품에 인간을 멸종시키실 것 같으냐. 그저 긴 수면기에 접어들었을 뿐이지. 나와 소우가 그분의 마음을 대신하여 일어섰을 뿐이다. 이것이 에덴계가 직면한 사건의 본질이지. 어리석은 심원의 나무조차 모르는. 크크."

놈은 마지막까지 수다스럽다.

"왜 내게 그 말을 하는 거지?"

"그녀… 슐라를 보면서 난 생각했다. 만나지 못하고 이루지 못한 사랑이 주는 괴로움이 세상에서 가장 독하고 아프다는 것을 말이야. 그건 지고한 존재 역시 그렇더군. 그래서 너에게도 그 고통을 겪게 할 생각이다."

록스의 두 눈에서 광기가 엿보인다.

놈의 광기가 무엇을 의미하는 것인지, 그리고 자신에게 무슨 짓을 하려고 하는지 그게 무슨 소용일까 싶어 멋대로 떠들게 내버려 두었다.

살아 있는 자보다 죽은 자에게, 혹은 죽어가는 자에게 관대한 선우현성이다.

전직 장례 용품점 주인답게.

현성의 의식이 점점 약해진다.

예전에도 그랬지만 지금도 죽음은 이상하리만큼 편안하고 포근하다.

산 자가 죽음을 두려워하는 것은 당연하지만 막상 그 죽음이 닥쳤을 때에는 두려움보단 유경험자로서 단언컨대 놀랍도록 편안함을 느끼게 된다.

'기억도… 사랑도… 이 육신과 함께… 허무하게 사라지겠지.'

스르륵.

두 눈을 내리감고 현성은 죽음에 자신을 맡겼다.

그래도 마지막 가는 길, 아내와 태어날 아이에게 밝은 미래를 선물해 줘서 그나마 다행이라 생각하며.

마지막을 향해 달려가는 것은 록스 역시 마찬가지였다.

하나 놈은 이대로 종착지까지 떨어질 생각이 없는 듯했다.

녀석은 가기 전에 자신의 호언장담에 책임을 다할 생각이었다.

악에 받친 표정으로.

…변방을 떠돌며 괴로워해라. 사무치는 그리움을 평생 가슴에 안고 아파해라. 이것이 나, 록스가 내리는 특별한 저주니라! 그리고 기억하라. 수레바퀴는 언젠가 또다시 구른다는 사실을. 크하하하!

남은 생명력을 모두 짜낸 록스는 현성을 작디작은 빛의 구멍 속으로 힘껏 던지며 광소와 함께 어둠 속으로 사라졌다.

인류의 재앙은 이로써 마무리되는 듯싶었다.

하지만 그 누군가에게는 이것이 끝이 아닌 새로운 시작점에 불과했다.

길고도 긴, 멀고도 먼 길을 걸어야만 하는 한 사나이의 대장정의 시작 말이다.

『스킬러(재앙 편)』 완결

이모탈 퓨전 판타지 소설
FUSION FANTASTIC STORY
워리어
Warrior
최강의 병기 메카닉 솔져,
판타지 세계로 떨어지다!
서기 2051년.
세계 최초의 메카닉 솔져 이산은
새로운 세계에 발을 딛게 된다.
"나는… 변한 건가?"
차가운 기계에서 따뜻한 피가 흐르는 인간으로!
카이론의 이름으로 새롭게 시작하는
진정한 전사의 일대기!
Book Publishing CHUNGEORAM
유행이 아닌 자유추구 -
www.chungeoram.com

# 내일을 향해 쏴라

**김형석 장편 소설**

FUSION FANTASTIC STORY

1만 시간의 법칙!
'성공은 1만 시간의 노력이 만든다' 는 뜻이다.

그러나…
사회복지학과 복학생 수.
전공 실습으로 나간 호스피스 병동에서
미지와 조우하다.

1만 시간의 법칙?
아니, 1분의 법칙!

**전무후무한 능력이 수에게 강림하다!
맨주먹 하나로 시작한 수의
인생역전이 시작된다!**

Book Publishing CHUNGEORAM

유혼이야기 자유추구
WWW.chungeoram.com

글삶 장편 소설

FUSION FANTASTIC STORY

# 세상을 다가져라

## [세상을 다 가져라]

**문피아 선호작 베스트 작품 전격 출간!
현대판타지, 그 상상력의 한계를 넘어서다!**

권고사직을 당한 지 2년째의 백수 권혁준.

우연히 타게 된 괴상한 발명품으로 인해
과거로 회귀한다!

그런데
과거로 온 혁준의 손에 들려 있는 것은 바로
**최신형 스마트폰!**

"까짓 세상, 죄다 가져 버리겠다 이거야!"

**백수였던 혁준의 짜릿한 인생 역전이 시작된다!**

Book Publishing CHUNGEORAM

우연이 아닌 자유추구~
WWW.chungeoram.com